Arena-Taschenbuch
Band 2207

Tamora Pierce,
1954 in Pennsylvania geboren, begann bereits mit elf Jahren zu schreiben und hat sich inzwischen nicht nur in den USA, sondern auch in Deutschland mit Fantasy-Literatur einen Namen gemacht.

Weitere Informationen über die Autorin und ihr Werk findet ihr im Internet unter folgender Adresse:
http://www.Tamora-Pierce.com

Von Tamora Pierce sind als Arena-Taschenbuch erschienen:
Dhana – Kampf um Tortall (Band 1965)
Dhana – Im Tal des Langen Sees (Band 1966)
Dhana – Der Kaiserliche Magier (Band 1967)
Dhana – Im Reich der Götter (Band 1968)

Die Schwarze Stadt (Band 1815)
Im Bann der Göttin (Band 1816)
Das zerbrochene Schwert (Band 1817)
Das Juwel der Macht (Band 1818)

Emelan – Im Reich der Magie (Band 2205)
Emelan – Die magische Flotte (Band 2206)

Tamora Pierce

EMELAN

Im Land der tausend Feuer

Aus dem Amerikanischen
von Angelika Eisold-Viebig

Arena

Für die Lehrer, die mein Leben begleiteten:
Rosemary Gomes, Mary Jacobsen,
Margaret Emelson und David Bradley jr.
Ein guter Lehrer ist der größte Schatz.

In neuer Rechtschreibung

1. Auflage als Arena-Taschenbuch 2004

Titel der Originalausgabe: *Circle of Magic (Volume III: Daja's Book)*
Originalverlag: Scholastic Press, New York

Aus dem Amerikanischen von Angelika Eisold-Viebig
Umschlaggestaltung: Jörg Huber
Umschlagtypografie: knaus. büro für konzeptionelle
und visuelle identitäten, Würzburg
Karten: Heike Völker-Sieber
Gesamtherstellung: Westermann Druck Zwickau GmbH
ISSN 0518-4002
ISBN 3-401-02207-5

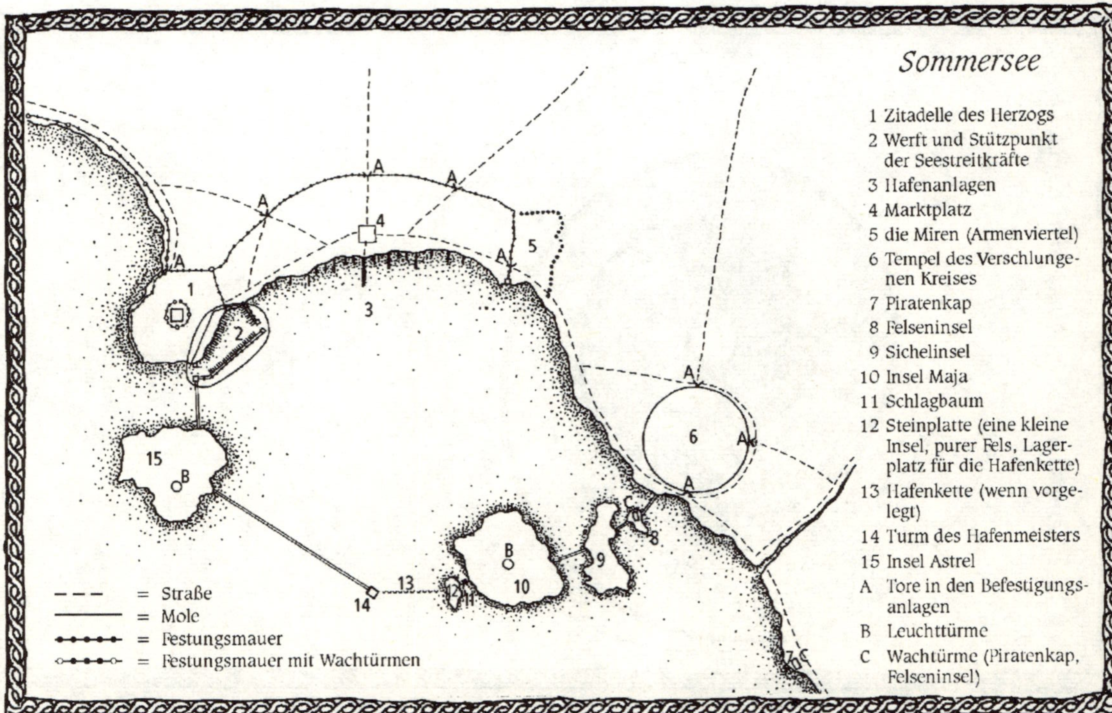
Sommersee
1 Zitadelle des Herzogs
2 Werft und Stützpunkt der Seestreitkräfte
3 Hafenanlagen
4 Marktplatz
5 die Miren (Armenviertel)
6 Tempel des Verschlungenen Kreises
7 Piratenkap
8 Felseninsel
9 Sichelinsel
10 Insel Maja
11 Schlagbaum
12 Steinplatte (eine kleine Insel, purer Fels, Lagerplatz für die Hafenkette)
13 Hafenkette (wenn vorgelegt)
14 Turm des Hafenmeisters
15 Insel Astrel
A Tore in den Befestigungsanlagen
B Leuchttürme
C Wachtürme (Piratenkap, Felseninsel)
= Straße
= Mole
= Festungsmauer
= Festungsmauer mit Wachtürmen

Der Tempel des Verschlungenen Kreises

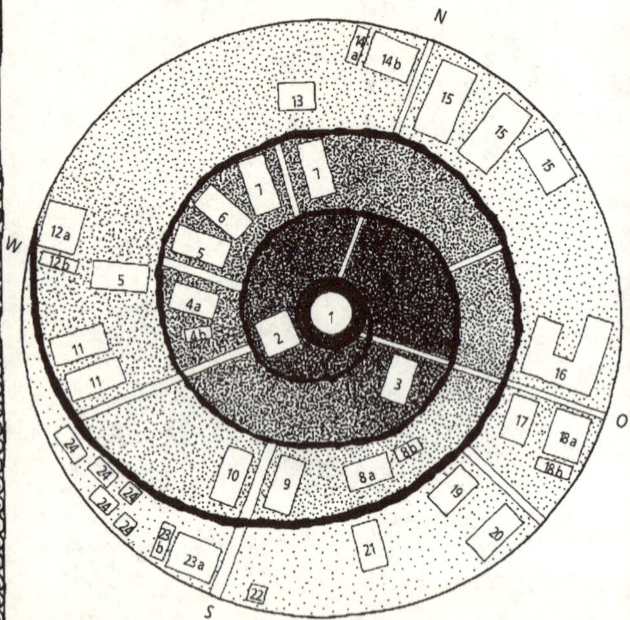

1 der Turm
2 Verwaltung (Arbeitsräume u. Wohnung d. Obersten Geweihten Mondenstrahl)
3 Gasträume
4a Mädchen/Frauen Schlafräume
4b Schlafräume der Mädchen von Adel
5 Krankenstationen
6 Töpferei
7 Webereien
8a Jungen/Männer Schlafräume
8b Schlafräume der Jungen von Adel
9 Gerichtshof, Bibliothek des Rechtswesens
10 Sporthalle: Leibesübungen, Kriegs- und Kampfkunst
11 Zimmersleute
12a Wassertempel
12b dazugehörige Schlafräume (Bäder f. diesen Tempel befinden sich im Tempel selbst)
13 Haus Disziplin
14a Erdtempel
14b dazugehörige Schlafräume, Bäder
15 Scheunen, Lagerhäuser, Speicher (Not-Schlafräume)
16 Hauptbibliothek, Klassenzimmer
17 Vogelhaus (hauptsächlich Brieftauben)
18a Lufttempel
18b dazugeh. Schlafräume, Bäder
19 Gewächshaus des Geweihten Kranich
20 Stall
21 Glasbläser
22 Eisenbarts Schmiede
23a Feuertempel
23b dazugeh. Schlafräume, Bäder
24 Schmieden

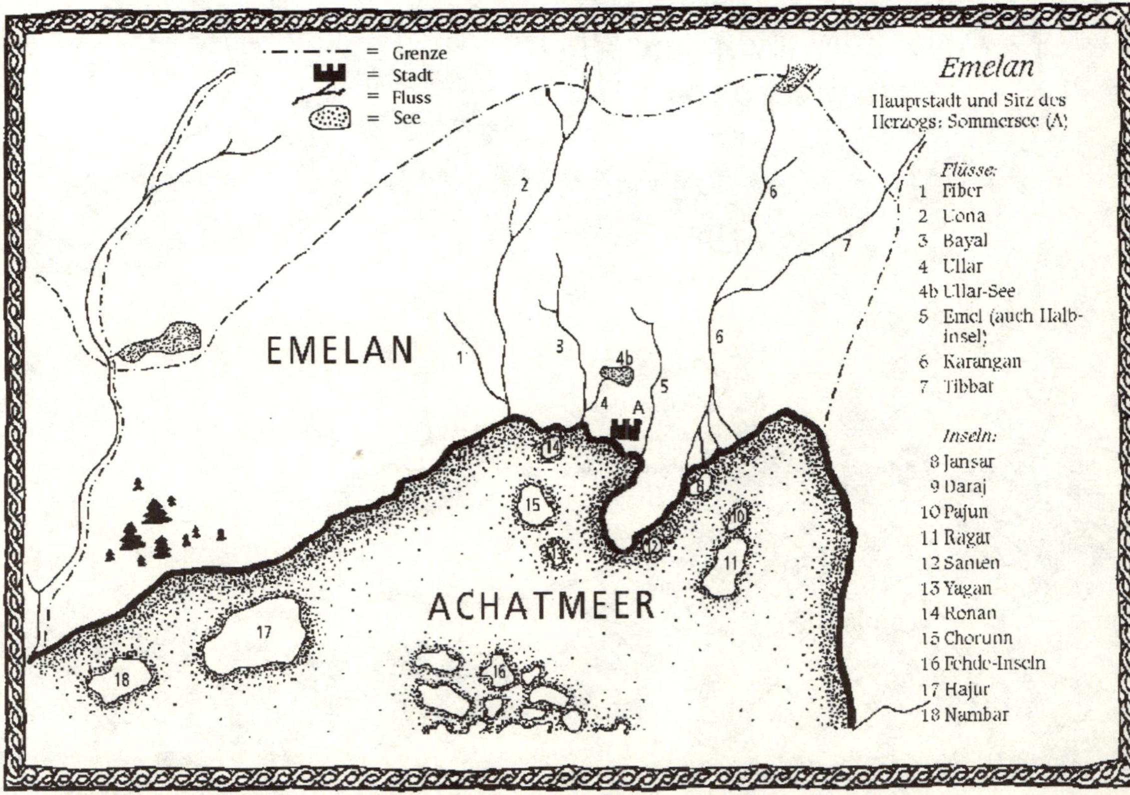

Emelan
Hauptstadt und Sitz des Herzogs: Sommersee (A)
= Grenze
= Stadt
= Fluss
= See
Flüsse:
1 Fiber
2 Uona
3 Bayal
4 Ullar
4b Ullar-See
5 Emel (auch Halbinsel)
6 Karangan
7 Tibbar
Inseln:
8 Jansar
9 Daraj
10 Pajun
11 Ragar
12 Santen
13 Yagan
14 Ronan
15 Chorunn
16 Fehde-Inseln
17 Hajur
18 Nambar
EMELAN
ACHATMEER

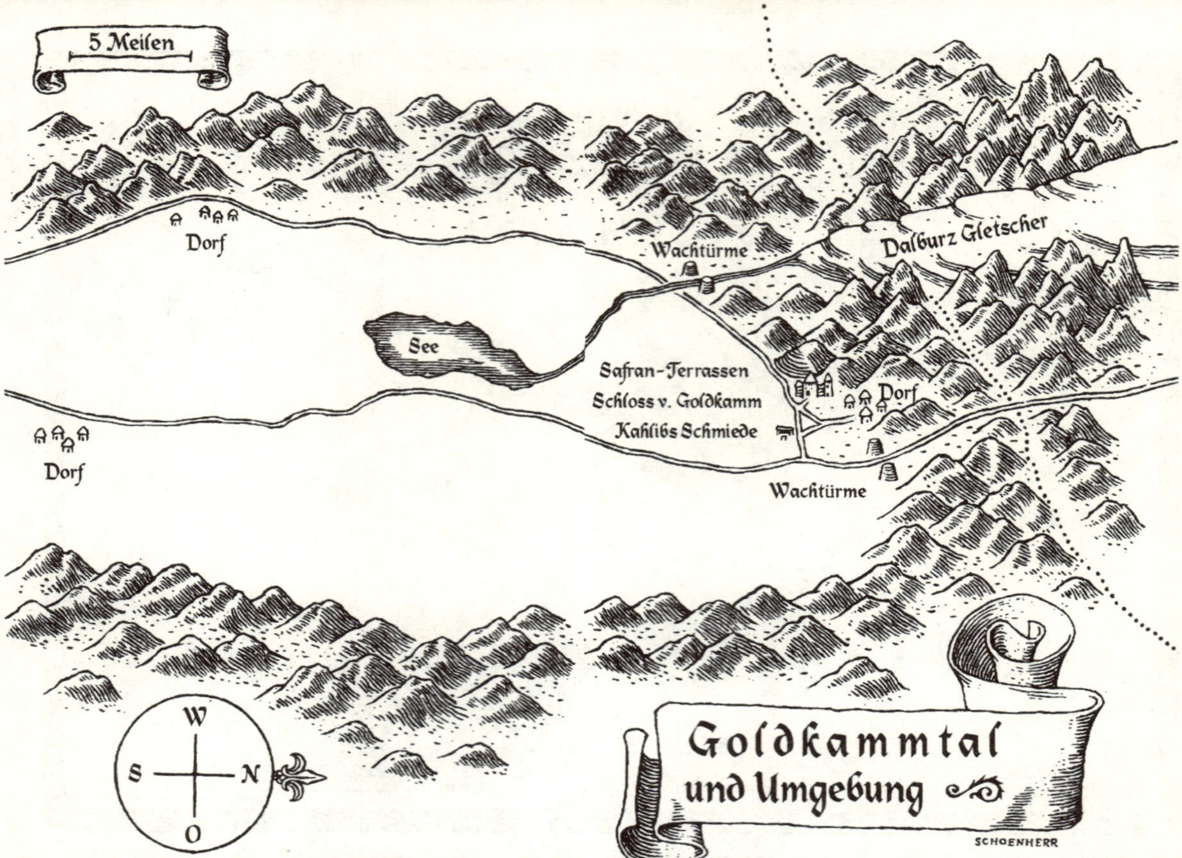
5 Meilen
Dorf
Dorf
See
Wachtürme
Dalburz Gletscher
Safran-Terrassen
Schloss v. Goldkamm
Kahlibs Schmiede
Dorf
Wachtürme
W
S
N
O
Goldkammtal
und Umgebung
SCHOENHERR

1

Über dem Goldkammtal in Nord-Emelan ging die Sonne unter und warf lange Schatten auf eine Gruppe von Reitern. An der Spitze des Zuges ritt ein Bannerträger mit der Flagge Herzog Vedris', des Herrschers von Emelan. Der Herzog selbst ritt unmittelbar dahinter, gefolgt von seinen Bediensteten, Wachen und Freunden. Rauch lag wie ein Schleier in der Luft und brannte allen in den Augen. Zwei Tage ritten sie nun schon durch diesen Rauch und sahen zu, wie er sich über Wiesen und Felder ausbreitete. Jetzt endlich, als sie die Wälder erreicht hatten, die die nördliche Hälfte des Tales bedeckten, entkamen sie der rauchgeschwängerten Luft ein wenig.

Ganz am Ende des Zuges ritten drei Mädchen und ein Junge auf stämmigen Ponys. Als eine Frau in einer dunkelgrünen Ordenstracht anhielt und vom Pferd stieg, zügelten auch sie ihre Ponys. Die Frau verließ den von tiefen Furchen durchzogenen Weg und ging ein Stück unter den alten Bäumen entlang. Ein großer Hund mit zottigem weißen Fell löste sich von der Gruppe und folgte der Frau.

»Kleiner Bär!«, rief Daja Kisubo, ein großes, breitschultriges dunkelhäutiges Mädchen. »Lass Rosendorn in Ruhe. Komm wieder her.« Der Hund gehorchte. Er kam zurück, setzte sich neben Dajas pummelige, rothaarige Freundin Tris und wirbelte mit seinem buschigen Schwanz den Staub auf.

»Rosendorn!«, rief der Junge. »Ist alles in Ordnung?«

»Bleib du nur, wo du bist, Briar!«, befahl die Frau. Sie hob einen Ast auf und begann in einer dicken Schicht aus Laub und verrottendem Holz zu stochern. »Ich bin gleich wieder da.«

»Das habe ich nicht gefragt«, murrte Briar leise. »Ich wollte wissen, ob alles in Ordnung ist.«

Daja wendete ihr Pferd. Von dem kleinen Hügel aus konnte sie zwischen den Bäumen hindurchsehen.

»Daja? Ist irgendetwas?« Die Stimme gehörte dem dritten Mädchen, das von den anderen Sandri genannt wurde. Alles an ihr, vom Pony bis zu ihrer Kleidung, sprach von Wohlstand, den die anderen drei Kinder nicht hatten. Als sie ihr Pony zur Seite lenkte, um herauszufinden, was Dajas Aufmerksamkeit erregt hatte, taten Briar und Tris das Gleiche.

In der Ferne, wo die weiten Wiesen mit den südlichen und westlichen Bergen verschmolzen, schimmerte unheilvolles orangefarbenes Feuer. Daja schüttelte den Kopf und ihre kurzen Zöpfe schlugen hin und her.

»Es sieht aus wie in einem Albtraum«, sagte sie. »Es sieht aus wie das, was die Händler Pijule Fakol nennen.«

Sandri schauderte und zog zum Schutz den Gotteskreis vor ihrer Brust. »Das furchtbare Leben nach dem Tod für diejenigen, die ihre Schulden nicht bezahlen«, stieß sie hervor.

Kleiner Bär erhob sich auf seine Hinterbeine und legte seine

Pfoten gegen Tris' Sattel. Sie beugte sich zu ihm und kraulte ihn zwischen den Ohren, ihre Sehgläser glitzerten in den letzten Sonnenstrahlen. »Da lobe ich mir den Lebenskreis«, meinte sie. »Wer an ihn glaubt, muss nichts Schlimmes nach dem Tod fürchten. Wir werden einfach wieder geboren.«

Briar kniff seine graugrünen Augen zusammen. »Die Brände breiten sich meilenweit aus. Und es gibt nichts, was sie aufhält. Das ganze Land ist so trocken wie Zunder.«

Rosendorn schob etwas von dem Blättergemisch in eine Tasche, dann kehrte sie zu ihrem Pferd zurück. Sobald sie im Sattel saß, beugte sie sich zu einem Einheimischen, der mit der Gruppe des Herzogs ritt. »Wann hat es hier den letzten Waldbrand gegeben?«

Der Mann schnaubte. »Mögen die Götter mit Euch sein, Geweihte Rosendorn. Das, was ich einen richtigen Waldbrand nenne, hat es in diesem Tal nicht mehr gegeben, seit – ach, seit mein Vater ein Kind war. Unser Magier, er heißt Feuerzähmer, kümmert sich um jeden Brand.«

»Das habe ich befürchtet«, murmelte Rosendorn. »Kommt jetzt, ihr vier – wir müssen weiter, sonst verlieren wir den Anschluss.«

Sandri drängte ihr Pony vorwärts. Tris, Briar und Kleiner Bär trabten neben ihr her.

Daja blieb noch einen Augenblick, wo sie war, und blickte voller Besorgnis auf das Feuer. Wie kann etwas so Wundervolles so bedrohlich aussehen?, fragte sie sich. Sie arbeitete jeden Tag mit Feuer, es war ihr Freund. Was, wenn es sich eines Tages gegen sie wandte, wie es sich gegen die Felder des Goldkammtals gewandt hatte?

»Bleibt in Pijule Fakol, wo ihr hingehört«, murrte Daja Kisubo in Richtung der Flammen. Sie schnalzte mit der Zunge, um ihr Pony zum Weitergehen zu bewegen, und beeilte sich dann ihre Freunde einzuholen.

Den Arm voller Werkzeuge, betrat Daja am nächsten Tag eine kleine örtliche Schmiede. Sie lud alles neben dem Amboss ab. Dann merkte sie, dass der Stab, den sie immer trug, zu Boden gefallen war. Schnell hob sie ihn auf und wischte den Staub von dem polierten Holz. Sie lehnte den Stab gegen die Wand und fuhr mit den Fingern über seine glänzende, ungravierte Messingkappe. Dieses Stück Metall sagte jenen, die sich mit Händlerstäben auskannten, dass sie eine Trangshi war, eine Ausgestoßene.

Sie drehte sich weg und betrachtete die beengte und schmutzige Schmiede. Ich wünschte, ich wäre zu Hause, dachte sie dabei.

Ihr Zuhause war die Tempelstadt des Verschlungenen Kreises, wo ihr Meister eine saubere, hell erleuchtete Schmiede hatte. Dieser trostlose Ort hier war bereits die zwölfte Schmiede, in der sie arbeiten musste, seit der Zug des Herzogs seine Reise begonnen hatte. Sie war allein, der Schmied, der auch der Dorfvorstand war, sprach mit dem Herzog darüber, was gebraucht wurde, damit die Bewohner dieses kleinen Tals über den Winter kamen.

Die Abwesenheit des Schmiedes war Daja angenehm. Selbst

der Lehrling war fort, um seine kranke Mutter zu besuchen. Daja hasste es, vor Fremden zu arbeiten. Sie hatte es auch satt, dass irgendwelche Handwerker ihr und ihrem Lehrer Eisenbart erzählten, wie gut es ihnen im Verschlungenen Kreis doch ginge. Als ob wir nicht auch schwer arbeiteten, dachte sie und inspizierte die wie ein Nest geformte Feuerstelle aus Stein.

Sie sah auf das Brennholz und konzentrierte sich, um ihre Magie zu finden. Sie blies in die Feuerstelle. Sofort sprangen Flammen hoch.

Als Nächstes schickte sie ihre Magie durch die Wand auf die andere Seite der Röhre, durch die der Blasebalg Luft unter das Schmiedefeuer pumpte. Seit Sandri die Magie der vier Freunde zusammengesponnen hatte, konnten sie sich in Gedanken verständigen. Diese Fähigkeit war recht nützlich, besonders, wenn einer von ihnen etwas von einem der anderen wollte.

Tri-is . . ., rief Daja gedanklich.

Ich weiß, ich weiß. Trisana Tandlers Antwort klang nach kühlem Wind und schwerem Nebel. *Ich musste den Blasebalg aus der Öffnung ziehen. Du solltest vielleicht lieber vom Feuer weggehen.*

Nicht zu viel am Anfang, erwiderte Daja und trat einen Schritt zurück. Der Stoß Feuerholz flackerte erst und loderte dann hell auf, als Luft von draußen zwischen die Holzscheite fuhr. Daja häufte frische Kohle um das Brennholz herum.

Jetzt gib mir etwas mehr Luft, bat sie ihre Freundin.

Die Antwort kam in Form eines heftigen Windstoßes, der

durch die Öffnung unter der Esse strömte. Die Kohle fing Feuer. Daja fügte so viel Brennmaterial hinzu, bis die Glut gerade richtig war. Nun konnte Daja ihre Eisenstäbe bearbeiten.

Halt es jetzt einfach so, bat sie ihre Freundin. *Ich hoffe, du hast dir etwas zu lesen mitgebracht.*

Daja spürte, wie Tris sich auf eine Bank in der Nähe der Wandöffnung setzte. Mit einer Hand nahm sie ein Buch auf, mit der anderen holte sie eine kleine Brise aus dem Himmel und führte sie in die Öffnung des Blasebalgs.

Das Buch heißt »Die Geschichte der Vulkane, heißen Quellen und Moorlöcher in den Bergen von Emelan«, erklärte Tris.

Klingt ja aufregend, kommentierte Daja. Sie fasste eine Hand voll der langen, dünnen Eisenstäbe, trug sie hinüber zum Schmiedefeuer und legte sie hinein. Es tat ihr Leid, dass Tris so bei der Schmiede festsaß. Ihre Freundin hätte nichts lieber getan, als mit dem Herzog und ihren Lehrern loszureiten und das Tal zu erkunden. Unglücklicherweise verwandelten sich kleine Brisen in starke Winde, wenn Tris ärgerlich wurde. Niemand wollte, dass sie sich in der Nähe der Grasfeuer befand, die sich der Herzog heute näher anschauen wollte.

Anders als Tris hatte Daja kein Interesse an Grasfeuern und hatte das auch ihrem Lehrer Eisenbart gesagt. Sie hatte sich so gewünscht, dass er ihr eine neue Arbeit gab, wie zum Beispiel etwas aus dem rötlichen Kupfer zu machen, das in dieser Gegend zu Tage gefördert wurde. Stattdessen hatte er ihr die langweiligste Aufgabe gegeben, die ein Lehrling bekommen konnte.

Nägel, dachte Daja müde. Mit bloßen Händen zog sie einen dünnen, kirschroten Eisenstab aus dem Feuer. Ich träume davon, Schwerter, Kronen und Rüstungen zu schmieden, aber was lässt er mich machen? Nägel! Sie trug ihre Stange hinüber zum Amboss und prüfte die glanzlose Oberfläche.

Das Licht in dem kleinen Gebäude war schlecht, die Luft rauchig. Das Schmiedefeuer selbst verwandelte sich in eine ständige Hitzequelle über roten Kohlen, ohne viel Licht abzugeben. Dagegen musste sie etwas tun.

Daja streckte die Hand zur Esse aus und rieb die Finger aneinander. Ein Feuerfaden stieg aus den Kohlen auf. Ein zweites Fingerreiben brachte den Faden zum Amboss. Daja dachte einen Moment nach. Sie hatte vor, den Feuerfaden wie einen Kerzenleuchter zu formen, doch etwas anderes wollte sein eigenes Bild in den Flammen entstehen lassen. Sie ließ es aus sich heraus und in den Flammenfaden strömen. Er teilte sich in verschiedene Stränge, die sich wieder zu einem Feuergitter verwoben, das aussah wie ein breit gewebtes Stück Stoff. Daja hätte am liebsten einen Finger in die Zwischenräume gesteckt, aber sie war nicht sicher, was dann passieren würde. Immerhin, das Feuergitter versorgte ihren Arbeitsplatz mit hellem Licht.

Mit ihrem Hammer schlug sie gereizt eine Falz in ihren Eisenstab. Wo wäre sie jetzt wohl, wenn ihre Familie nicht ertrunken wäre? Wahrscheinlich irgendwo im südlichen Achatmeer, auf dem Weg zu den Wintergewässern. Der

Wind würde durch ihre Zöpfe fahren und ihre Nase mit der sauberen salzigen Meeresluft füllen anstatt mit diesem Rauch hier.

Daja arbeitete gleichmäßig und ignorierte den Schweiß, der ihre Wangen und ihren Rücken hinunterlief, und träumte von Schiffen mit aufgeblähten Segeln. Sie war groß für ihr Alter und stämmig, und wie ein Junge gekleidet, in eine halb lange schwarze Tunika und eng anliegende Beinkleider. Die Lederschürze, die ihre Kleidung schützte, war voller Schmutz und Brandflecken. Der gleichmäßige Schein des Feuergitters flackerte auf ihrer Haut, die so braun wie Mahagoni war. Ihr breiter Mund mit den vollen Lippen war jetzt zusammengekniffen vor Traurigkeit. Das einzig Farbenfrohe an ihr waren ein rotes Armband und rote Schleifen an den Zöpfen.

»Bist du der Schmied?«, fragte eine weibliche Stimme hinter ihr. »Ich habe Arbeit für dich.«

Daja drehte sich um und kniff die Augen zusammen. Sie konnte die Frau, die in der offenen Tür stand, kaum erkennen – sie stand mit der Sonne im Rücken da und ihr Gesicht lag im Schatten. Doch eines sah Daja sofort: Die Frau hatte nur ein Bein. Das andere war bis zur Mitte des Oberschenkels amputiert und durch einen breiten Holzstumpf ersetzt worden.

»Ich bin nicht der Schmied«, erwiderte Daja.

Die Augen der Besucherin glitzerten, sie starrte auf Dajas Feuernetz. Daja seufzte. Die Leute waren immer so nervös, wenn sie sahen, wie sie und ihre Freunde mit Magie arbeiteten. »Entschuldigung«, murmelte Daja und schlug mit der Hand nach dem Feuergitter. Es fiel in sich zusammen, wurde wieder zu einem einzigen Feuerstrang und schlängelte sich zurück ins Schmiedefeuer.

Die Besucherin machte zwei humpelnde Schritte in die Schmiede hinein. Jetzt konnte Daja sie deutlich erkennen. Was sie sah, erschreckte sie. Eine Seite des Gesichts hatte eine bronzene Hautfarbe, mit einem dunklen Auge unter einem schweren Lid. Die andere Gesichtshälfte war vernarbt und das zweite Auge war nur ein klumpiges Loch. Narben zogen sich über eine Seite des breiten Mundes, sodass es schien, als würde die Frau unablässig spöttisch grinsen. Ihre Nase hatte keine Narben, war aber so zerschmettert, dass sie fast platt war. Beide Augenbrauen waren gut geformt und Daja fragte sich, ob die Fremde wohl vorher eine Schönheit gewesen war. Abgesehen von den Narben sah sie nicht sehr alt aus – nicht älter als fünfundzwanzig.

Die Besucherin trug eine erdbraune Tunika, die eine Hand breit über dem Knie endete. Wie Daja trug sie eng anliegende Beinkleider in der gleichen Farbe wie ihre Tunika, wobei der Stoff über dem Holzbein hochgekrempelt war, jedoch noch die Verbindung zwischen Bein und Holzbein verdeckte. Daja nahm das alles im Bruchteil einer Sekunde wahr. Doch das, bei dessen Anblick ihr Verstand fast aussetzte, war der mit einer Messingkappe versehene Stab, auf den die Frau sich stützte.

Sie war eine Händlerin.

Daja bekam Bauchschmerzen. Sie versuchte nicht sehnsüchtig auf die Gravuren zu starren, die die Messingkappe verzierten und jenen, die sie lesen konnten, von der Familie der Frau und ihren Taten erzählten. Jetzt, wo Daja trangshi war, sollten ihr solche Dinge eigentlich egal sein, doch sie konnte einfach nicht anders.

Die Frau runzelte die Stirn und pochte mit ihrem Stab auf den Boden, während sie eine bequemere Stellung einnahm. »Was ist los, Lugsha?«, fragte sie mit einer tiefen, angenehmen Stimme und benutzte das Händlerwort für »Handwerker«. »Hast du noch nie vorher einen Krüppel gesehen? Oder nur keinen, der so schön war wie ich?«

Daja senkte den Kopf und wartete. Sobald sich die Augen der Händlerin an das dämmerige Licht gewöhnt hatten, würde diese Unterhaltung beendet sein.

»Nein, du bist nicht alt genug ein richtiger Schmied zu sein. Lehrling, ich wünsche mit deinem Meister zu sprechen«, sagte die Frau ohne Umschweife. »Es gibt Arbeit und . . .«

Weil Daja ihre Augen gesenkt hielt, konnte sie auch nicht sehen, wie die Händlerin ihre Umgebung musterte. Als die Frau unvermittelt schwieg, wusste Daja jedoch, was sie gesehen hatte: ihren Stab mit der glatten Kappe.

Daja blickte rechtzeitig genug auf, um den Blick aufzufangen, den die Händlerin ihr zuwarf. Dann drehte die Frau sich um.

»Wo ist der Schmied?«, rief sie und ihre Stimme schallte laut. »Ich wünsche den Schmied zu sprechen, sofort! Es ist Arbeit zu tun, Arbeit, für welche die Zehnte Karawane Idaram bezahlen wird!«

Tris, rief Daja mit ihrer Magie. *Tris, ich brauche dich.*
Hinter der Schmiede seufzte Tris. Statt zu antworten streckte sie die Hand aus und packte eine Hand voll Luft. Sie drehte sie und warf sie dann wie einen Speer durch die Öffnung in der Wand. Als sie das erledigt hatte, fuhr sie mit der Hand durch ihr rotes Haar, schob die Sehgläser zurecht und las weiter.
In der Schmiede schossen die Flammen empor wie ein Höllenfeuer. Die Händlerin zuckte zusammen.
Ich brauche nicht mehr Luft!, erklärte Daja ihrer Freundin. *Ich brauche Hilfe, sofort!*
Ich bin beschäftigt, gab Tris ihr zur Antwort. Hol jemand anderen.
Es gibt niemand anderen.
»Wie lange muss ich hier stehen bleiben, bis mir jemand sagt, wo ich den Schmied finde?«, fragte die Händlerin und drehte Daja den Rücken zu. Daja wusste, dass die Händlerin so tun würde, als wäre Daja nicht anwesend – so behandelten die Händler einen Trangshi. »Es ist äußerst dringlich. Ich muss den Schmied sprechen – einen richtigen Schmied.«
Trisana Tandler, ich brauche dich jetzt sofort!, dachte Daja heftig.
Wütend klappte Tris ihr Buch zu, erhob sich, schüttelte ihren Rock aus und steckte ihr Buch in die Rocktasche. Funken glühten an ihren Haarspitzen, als sie um das Gebäude stapfte. Sie blieb vor der Händlerin stehen und sah die Frau aus sturmgrauen Augen verärgert an. Ihre blasse, leicht

sommersprossige Haut war vor Wut fleckig und ihr Haar stand wie ein Heiligenschein um ihren Kopf.

»Was wollt Ihr?«, fragte sie. »Ich habe gelesen.«

»Ich brauche den Schmied«, gab die Händlerin ebenso verärgert zurück. »Ich bin Polyam, Wirok der Zehnten Karawane Idaram. Ich habe Arbeit für ihn.«

»Der Schmied ist mit dem Herzog von Emelan unterwegs«, erwiderte Tris. »Das hier ist meine Freundin Daja Kisubo. Sie ist im Augenblick der einzige Schmied hier!«

»Ich bin trangshi, weißt du nicht mehr?«, fragte Daja geduldig. »Nach den Regeln der Händler gibt es mich nicht. Wenn es mich nicht gibt, dann kann sie nicht mit mir reden oder mich hören. Und jetzt reiß dich bitte zusammen, ja? Du sprühst ja überall Funken.«

Tris fuhr mit den Fingern durch ihr Haar und betrachtete dann die Funken, die sie aus ihrem Haar geholt hatte. »Shurri helfe uns«, murrte sie. Sie schloss ihre Finger und erstickte die Funken.

Polyam war vor ihr zurückgewichen. »Wenn ich eine Wahl hätte, würde ich woanders hingehen«, erklärte sie jetzt Tris. »Aber die habe ich nicht. Zum nächsten Schmied sind es zwei Tagesreisen. Ich werde warten, bis der Schmied kommt.«

»Warum sagt Ihr mir nicht, was Ihr wollt, und ich sage es Daja«, fragte Tris etwas zu freundlich. »Dann kann sie die Arbeit für Euch erledigen und Ihr könnt mit Eurer Karawane weiterziehen.«

»Ich könnte keine Arbeit aus den Händen einer Trangshi an-

nehmen«, erwiderte Polyam. »Ich brauche den Schmied, einen, der nicht unrein ist.«
Jetzt zuckten winzige Blitze in Tris' Haaren. Die Händlerin umklammerte mit beiden Händen ihren Stab, das dunkle Gesicht war aschgrau vor Angst.
»Sie ist eine Xurdin, nicht eine Yerui«, sagte Daja schnell. Sie wusste, Polyam hörte sie, auch wenn sie das nicht zugab. »Tris, sag ihr, dass du eine Xurdin bist, eine Magierin. Sie denkt, du bist eine Yerui, ein hungriger Teufelsgeist, und hat Angst, dass deine Magie sie verschlingen wird. Bitte«, bettelte sie, denn sie wusste, dass ihre Freundin sich am liebsten geweigert hätte.
Tris seufzte. Die winzigen Blitze verschwanden. »Ich bin eine Magierin, in Ordnung?«, sagte sie zu Polyam. »Ich bin eine Magierin und sie ist auch eine. Wir haben nur eine etwas eigenartige Magie, anders als die der meisten Magier. Sie ist nicht böse und ich werde Euch nichts tun.«
Polyam verzog das Gesicht. »Du hättest mir nicht sagen zu brauchen, dass deine Magie eigenartig ist«, erwiderte sie. »Ich verbringe schon mein ganzes Leben auf den Straßen und ich habe niemals irgendetwas Ähnliches gesehen wie das, was du gerade getan hast.«
Daja trat zu Tris. »Ich sehe mal, ob Sandri oder Briar den Schmied herschicken können«, flüsterte sie ihrer Freundin ins Ohr. »Sei höflich. Es ist nicht ihre Schuld, dass ich trangshi bin. Biete ihr Wasser vom Brunnen an.«
Tris sah Daja in die Augen. »Deine Schuld ist es aber auch nicht.«

»Das ist egal, wenn du ein Händler bist. Biete ihr etwas zu trinken an.« Daja trat in den Schatten hinter der Schmiede. Tris ist eben auch nur ein Kaq, schoss es ihr durch den Kopf. Es war das erste Mal seit Wochen, dass sie so von ihrer Freundin dachte. Tris war gar nicht so übel, sobald man sie ein wenig besser kannte, aber Kaqs – jene, die keine Händler waren – verstanden wichtige Dinge eben nicht.
Sandri, Briar!, rief Daja und schickte ihre Magie durch die Luft. *Könnt ihr den Schmied finden? Kahlib hat einen wichtigen Kunden, der nur mit ihm reden will.*

Fast zwei Meilen entfernt betrachtete Sandrilene fa Toren eine reich bestickte Jacke. Sie gehörte einem der Krieger, die sie eskortierten, und er hatte sie über einen Ast gehängt, während er und seine Freunde ihre Pferde am Fluss tränkten. Sandri hatte sich schon den ganzen Vormittag gewünscht eine dieser Jacken genauer betrachten zu können, schon seit Ihre Hochwohlgeborene Inoulia von Goldkamm und deren Gefolge sich dem Herzog auf seiner Inspektion der Grasbrände angeschlossen hatten. Zweifellos hätte der Krieger sie ihr gerne überlassen, wenn sie ihn darum gebeten hätte, doch das hätte Verbeugungen und eine respektvolle Unterhaltung mit Sandri als Herzog Vedris' Großnichte bedeutet. Sie hätte sich unwohl gefühlt einen nervösen Mann vor sich stehen zu haben, während sie die herrlichen Stickereien auf seinem Rücken bewunderte. So war es viel einfacher. Der Baum verbarg ihre schlanke Gestalt vor den Kriegern am Fluss.

Sie besah sich die Stiche genau und bewunderte die schwierige Stickerei. Alle Reiterjacken hatten das gleiche Bild: eine Art Lavendelpflanze, weit geöffnet, mit schmalen gelben Fruchtknoten in der Mitte. Was die Hintergrundfarben betraf, waren sie jedoch verschieden. Sandri hatte vor mehr als zwei Monaten mit der Stickerei aufgehört, doch beim Anblick dieser Jacken juckte es ihr in den Fingern, Nadel und Seidenfaden wieder aufzunehmen.

Sie war ein schlankes, zartgliedriges Mädchen mit hellblauen Augen und einem eigensinnigen Kinn. Von der Sonne gebleichte Strähnen durchzogen ihr braunes Haar, das unter einem dünnen grauen Schleier ordentlich in Zöpfe geflochten und hoch gesteckt war. Ihr Überkleid war aus taubengrauem Leinen, ärmellos und einfach, bis auf eine lange Reihe Gagatknöpfe. Die funkelnden Knöpfe zierten auch ihre schmalen, schwarzen Schuhe. Ihr puffärmeliges Unterkleid war aus weißer Baumwolle, die so fein gewebt war, dass man sich trotz der stickigen Hitze des Tages darin fast wohl fühlen konnte.

Sandri hätte diese elegante Trauerkleidung nur allzu gerne gegen eines ihrer leichten Baumwollkleider eingetauscht, doch das hätte die Adeligen schockiert, bei denen ihr Großonkel zu Besuch war. Sandri hatte keine Lust zu erklären, dass ihre Eltern, die nun ein Jahr tot waren, gelacht hätten bei dem Gedanken, dass sie tiefe Trauer trug, wie es vom Adel erwartet wurde. Stattdessen trug sie, solange sie mit dem Herzog ritt, die Kleidung, die offiziell ihrer Situation angemessen war, und beneidete ihre drei Freunde, die farbi-

ge und dünnere Kleidung trugen, so wie sie selbst es zu Hause auch tat.
Sie verdrängte diese Gedanken und besah sich die prachtvolle Stickerei. Ob sie diese Umklöppelung auch so schaffen konnte?
»Wenn du willst, dass ich sie für dich klaue«, ertönte es unmittelbar neben ihr und Sandri schrak zusammen, »musst du warten, bis es dunkel ist.«
Sie sah in Briar Moss' grüne Augen, die recht amüsiert dreinblickten. »Als ob du noch irgendetwas stehlen würdest!«, gab sie zurück.
»Tja, also da liegst du falsch.« Er griff in die locker sitzende braune Jacke, die er anstelle eines Hemdes trug, und zog zwei kleine Traubenstränge hervor. »Die besten in der Gegend.«
Er reichte ihr einen Strang. »Ich hatte allerdings schon bessere.«
Sandri wehrte ab. »Nein danke. Pass lieber auf, wann die Reiter zurückkommen.«
Er blickte zum Fluss. »Keine Sorge. Sie haben ihre Stiefel ausgezogen und kühlen ihre Zehen. Also, soll ich die Jacke nun klauen oder nicht?«
Sandri schüttelte nur den Kopf. Briar lehnte sich gegen einen Baum und aß seine Trauben. Anders als Sandri war er bequem angezogen: Er trug eine Baumwollhose und ging normalerweise barfuß, außer einer der Lehrer zwang ihn Sandalen oder Stiefel anzuziehen. Er hatte das glänzende schwarze Haar, die mandelförmigen Augen und die gold-

braune Haut derer aus dem Osten, aber eine schmale Nase und graugrüne Augen zeigten, dass in einem Elternteil Blut aus dem Westen geflossen sein musste. Er war nicht sicher, welcher Elternteil das gewesen sein konnte, denn seinen Vater hatte er nie kennen gelernt und seine Mutter war gestorben, als er vier Jahre alt war.

»Schmerzen dich und Rosendorn die vielen Grasbrände nicht?«, fragte Sandri, während sie mit dem Finger einen Metallfaden im Muster nachfuhr.

Briar schüttelte den Kopf. »Das Gras ist zum großen Teil schon abgestorben.« Rosendorn, seine Lehrerin der Pflanzenmagie, besprach gerade mit dem Herzog und der Hochwohlgeborenen Inoulia, was für die Ernte im nächsten Jahr getan werden konnte. »Die Trockenheit hat das meiste schon vor Wochen absterben lassen. Die Spitzen brennen so schnell, dass das Feuer weiterwandert und die Wurzeln und die Saat immer noch in Ordnung sind.«

»Ach«, murmelte Sandri, die nur mit halbem Ohr zuhörte. »Und was für eine Blume ist das? Auf diesen Jacken?«

»Es sieht aus wie ein Krokus. Warum?« Er war nicht ärgerlich auf sie, dass sie nicht zuhörte. Er kannte ihre Begeisterung für alles, was mit Stoffen zusammenhing.

»Nur so aus Neugierde. Hier, sieh dir diesen Faden an. Ist das richtiges Gold oder . . .«

Sandri, Briar! Dajas magische Stimme ließ Sandri überrascht zusammenzucken. Hitze sprang aus ihrem Finger, lief den Metallfaden entlang und schmolz ihn, während die Seide darum herum versengt wurde. Sie starrte fassungslos darauf. Sie hatte doch keinerlei Feuer- oder Blitzmagie – das gehörte zu Daja und Tris! Wie hatte sie den Faden geschmolzen? Und was sollte sie nun dem Besitzer der Jacke sagen?

Ich werde den Schmied suchen, antwortete Briar Daja. »Komm schon«, drängte er Sandri.

»Ich habe die Jacke angesengt«, zischte sie, packte ihn am Ärmel und deutete auf die versengte Stelle. »Ich habe sie berührt, als Daja uns rief, und . . . und es kam tatsächlich Hitze aus meinem Finger!«

Er kratzte sich am Ellbogen. »Umso mehr ein Grund zu gehen, bevor der Besitzer es sieht.«

Sandri schüttelte den Kopf. »Es ist meine Schuld, dass die Jacke kaputt ist. Ich muss meinen Fehler wieder gutmachen.«

»Warum denn?«, fragte er. »Niemand hat dich gesehen . . .«

»Ich hab mich gesehen«, entgegnete sie geradeheraus.

Briar starrte sie an. »Das ist echter Adel!«, meinte er schließlich. »Mich wirst du nie von Gewissensbissen geplagt sehen.« Er sah auf seine Tätowierungen aus dem Gefängnis, auf beiden Händen war zwischen Zeigefinger und Daumen ein schwarzes X eintätowiert, das Schandmal für einen Dieb. »Das bringt nur alles durcheinander.«

»Sie kommen zurück«, sagte sie mit einem Nicken zum Fluss hin. Die Männer hatten ihre Unterhaltung beendet und der Besitzer der Jacke näherte sich. »Du gehst jetzt vielleicht lieber und suchst den Schmied.«

»Ich werde doch nicht einen Freund im Stich lassen«, erwiderte er zornig. »Du hast ja vielleicht eine nette Meinung von mir!«

»Nein, das stimmt nicht«, protestierte Sandri. Sie stellte sich kerzengerade hin, die Schultern gestrafft, das Kinn erhoben, und faltete die Hände.

Der Mann, dem die Jacke gehörte, blieb mit gerunzelter Stirn stehen. »Entschuldigt mich, gnädiges Fräulein«, sagte er und griff nach seiner Jacke. Er sagte nichts zu Briar, aber er behielt ihn im Auge.

»Ich habe Eure Jacke beschädigt«, erklärte Sandri ihm mit leicht bebenden Lippen. »Ich kann es nicht erklären, aber da war ein Metallfaden in der Stickerei und er schmolz. Welche Entschädigung wäre dafür denn angemessen?«

»Ihr habt einen Faden geschmolzen?«, wiederholte er und zog eine Augenbraue hoch. »Ich sehe hier kein Feuer.« Er war ein gut aussehender junger Mann mit dem langen schwarzen Haar und den schräg stehenden dunklen Augen, die für die Bevölkerung hier in den Bergen typisch waren. Um seinen Mund spielte die Andeutung eines Lächelns.

»Magie«, erwiderte Sandri bestimmt. »Ich bin ziemlich sicher, dass es durch Magie passiert ist. Das Muster war so wunderschön und jetzt ist es versengt und dieser Faden ist geschmolzen.«

Der junge Mann betrachtete das Muster. »Sieht aus wie ein Spiralfarn, oder?«, fragte er seine Gefährten, die inzwischen herangekommen waren, und zeigte ihnen die versengte Stelle. »Einer, der sich gerade aufrollt.«

Briar musste zugeben, dass das Muster nicht verdorben

aussah. Ein schmaler, gezackter Brandfleck wand sich um den Krokus. Die Stelle hätte genauso gut absichtlich so gestaltet worden sein können.

»Sieht für mich überhaupt nicht beschädigt aus, gnädiges Fräulein«, sagte einer der Soldaten.

Sandri schluckte. »Ich könnte ein neues Muster machen und das hier ersetzen«, sagte sie zu dem Besitzer der Jacke. »Es würde ein bisschen dauern, aber da wir vermutlich sowieso ein paar Wochen hier in den Bergen bleiben . . .«

Der Krieger schlüpfte in seine Jacke. »Ich mag sie so, wie sie ist.« Er nahm Sandris Hand und verbeugte sich. »Ich werde von allen beneidet werden, mit Eurem Zeichen auf meiner Jacke.«

Sandri wurde knallrot. Der Reiter zwinkerte Briar zu und ging davon.

Einige der anderen Krieger blieben. Einer zog seine Jacke aus und bot sie Sandri an. »Würdet Ihr das bei meiner auch machen?«

Sie schüttelte den Kopf, ohne aufzublicken. »Ich weiß nicht, wie ich es getan habe – und wenn ich es noch einmal machen würde, könnte es passieren, dass ich das ganze Stück verbrenne.«

Die Reiter sahen einander an und zuckten mit den Schultern. »Wenn Ihr es herausgefunden habt, wüsste ich es auch gern«, sagte derjenige, der ihr seine Jacke angeboten hatte. Die Männer verbeugten sich vor ihr und gingen zu ihren Pferden.

Sandri sah Briar an. »Ich muss der Sache auf den Grund gehen«, sagte sie zu ihm. »Wie kann ich sonst sicher sein, dass ich nicht wieder etwas kaputtmache?«

Nachdem Tris Polyam den Brunnen gezeigt hatte, war sie auf ihren Platz zurückgekehrt, obwohl sie sich immer noch über das Benehmen der Händlerin ärgerte. Sie war gerade dabei, sich zu beruhigen, als ein Schatten auf ihre Buchseite fiel. Als sie aufblickte, sah sie Polyam. »Was gibt's denn noch?«

»Unsere Kinder haben bessere Manieren«, sagte die Frau schroff, während sie mit ihrem Stab an ihr vorbeihumpelte.

»Dann geht doch und fallt denen auf die Nerven«, murrte Tris und beugte sich wieder über ihr Buch.

Ein Ende des Stabes – das schmutzige Ende, bemerkte Tris empört – tappte auf die Seiten ihres Buches. »Ich habe einen Namen: Polyam. Benutze ihn und sag mir eines, Xurdin-Mädchen. Wenn du eine kennen würdest, die trangshi ist, würdest du auch wissen, warum?«

Tris fegte die Schmutzkrümel von den Seiten des Buches. »Was kümmert Euch das denn? Polyam«, fügte sie hinzu, als die Händlerin sie böse ansah.

Polyam hob das Ende ihres Stabes und hielt es ganz nah vor das Buch. »Eine höfliche Antwort wird von Oti Buchhalter aufgeschrieben und geht in das Buch deines Lebens ein.«

Tris blickte auf die Narben der Händlerin und sah wieder weg.

»Kein schöner Anblick, was?«, sagte Polyam grimmig. »Ein Wirok braucht nicht schön auszusehen. Die Leute sind froh, wenn sie mir das, was ich will, geben und mich wieder wegschicken können, anstatt mich weiter in der Nähe zu haben. So bekomme ich es meist billiger. Ich frage nochmals: Wenn du jemand kennen würdest, der trangshi ist, würdest du auch wissen, warum?«

Tris biss auf ihre Unterlippe und dachte sich, dass es ihr auch lieber wäre, wenn diese Frau mit dem vernarbten Gesicht und dem Holzbein wieder verschwände. »Das Schiff, auf dem Dajas Familie war – Drittes Schiff Kisubo, hieß es wohl –, sank. Sie war die einzige Überlebende. Jetzt lebt sie im Tempel des Verschlungenen Kreises. Eure Leute haben sie verstoßen, als sei das Schiffsunglück ihre Schuld gewesen.«

»Man schickt jemanden mit Windpocken nicht weg, weil es seine Schuld ist. Man tut es, damit niemand die Krankheit bekommt. Pech ist wie eine Krankheit. Der Träger überlebt sie, um sie an andere weiterzugeben.«

»Unsinn«, erwiderte Tris.

»Für jemanden, der noch so jung ist, bist du dir vieler Dinge sehr sicher«, sagte Polyam seufzend, mehr zu sich als zu Tris. »Ich mag ein Wirok sein, doch zumindest bin ich immer noch Tsaw'ha.«

»Was bedeutet Wirok denn überhaupt? Und Tsaw'ha?« Anders als ihre Freunde war Tris der Händlersprache nicht mächtig.

»Wiroks bringen der Karawane keinen Gewinn«, war die Antwort. »Ein Wirok gibt das Geld der Karawane bei Schmieden und anderen nützlichen Kaqs aus. Er wird von allen gering geschätzt. Ein Tsaw'ha ist das, was ihr Händler nennt.«

Tris hob die Augenbrauen und ihre grauen Augen sahen verwirrt drein. »Ein Wirok zu sein ist immer noch besser, als trangshi zu sein?«

Die Händlerin zögerte. Welche Antwort auch immer sie geben wollte, war nicht mehr zu erfahren, da nun Daja in der Schmiede aufschrie. *Tris!,* kam Dajas panischer Ruf. In all den Monaten, die Tris Daja kannte, hatte sie diese niemals so entsetzt klingen hören. *TrisTrisTris!*

Tris sprang auf die Füße und raste in die Schmiede. In dem Augenblick, als sie Daja sah, blieb sie abrupt stehen.

Innerhalb der Schmiede hatte Daja mit anhören können, was Polyam sagte. Während sie zuhörte, hatte sie eine frische Stange für die Herstellung von Nägeln aus dem Feuer ziehen wollen. Doch in Gedanken vertieft, hatte sie statt einer Eisenstange das ganze Bündel gepackt.

Sobald sie die Stangen in der Hand gehabt hatte, waren sie lebendig geworden, hatten sich umeinander geschlungen, dann wieder auseinander gedrängt und drei Äste geformt. Ein Ast reichte zum Feuer und teilte sich wieder, um drei Zweige zu formen. Ein anderer Ast wand sich um Dajas Arm.

Obwohl sie glühend heißes Metall in die Hand nehmen konnte, ohne sich zu verbrennen, war das doch ein eigenartiges Gefühl. Daja blickte nach unten. Ein dritter Ast aus Eisen wuchs zwischen den Fingern ihrer freien Hand hindurch und schlang sich dann um ihr Handgelenk.

Daja versuchte sich freizumachen, doch es gelang ihr nicht. Sie schickte ihre Magie ins Eisen und befahl ihm sich wieder in seine ursprüngliche Form zu verwandeln. Stattdessen wuchsen die Teile, die ihre Arme fassten, nur noch weiter. Sie rankten sich um ihre Schultern und hielten sie fest. Ein Zweig wuchs ihren Rücken entlang, ein anderer, kleinerer Zweig schlang sich sanft um ihren Hals. Das war der Moment, in dem sie panisch wurde und losschrie.

Tris fand Daja gefangen in etwas, das wie ein Rebstock aussah – mit einem Stamm und großen und kleinen Zweigen –, aus Eisen gemacht, das immer noch vor Hitze glühte. Gerade entfalteten sich die ersten Metallblätter.

»Es wächst«, stieß Polyam hervor. Sie war Tris in die Schmiede gefolgt.

»Das sehe ich selbst!«, murrte Tris. »Und jetzt still – ich muss mich konzentrieren.« *Eisenbart!*, rief sie. *Briar, Sandri, holt Eisenbart, schnell!*

»Tris, mach, dass es aufhört«, bat Daja. »Ich schaffe es nicht – meine Magie hält es nicht auf . . .«

Tris spürte Briars und Sandris Magie, als ob sie in ihrem Körper wären und durch ihre Augen sähen. Sie wünschte, Eisenbart wäre Teil ihrer Verbindung. Es wäre so viel einfacher, wenn sie mit ihm so sprechen könnte wie mit ihren Freunden.

Briar, es hat Blätter, es gehört zu dir, erklärte Sandri. *Tu etwas!*

»Daja, atme tief ein und aus«, befahl Tris. »Beruhige dich. Es ist schwieriger, wenn du . . .«

»Wie ruhig wärst du denn?«, wollte Daja gereizt wissen.
Tris zögerte, dann fasste sie Dajas Hände. Briar und Sandri konzentrierten sich. Sie folgten dem inneren Band, das sich zwischen ihnen befand, und eilten Daja zu Hilfe.
Ich habe niemals vorher irgendetwas dazu gebracht, NICHT zu wachsen, erklärte Briar seinen Freundinnen. *Und das Metall bringt mich durcheinander.* Er ließ seine Magie in die Zweige der Eisenpflanze fließen. Alle fühlten, wie er sich um Dajas Magie wand. Alle fühlten sie seinen festen Griff, als er die Ranken mit magischer Hand umschloss. Als er sie dann wieder freigab, waren sie gebändigt.
Tris und Daja öffneten ihre Augen. Der eiserne Rebstock hatte aufgehört zu wachsen. Er hatte seine Ranken allerdings auch um Tris' Hände geschlungen. Sosehr sie auch zog, sie konnte sich nicht mehr von Daja lösen.

2

Eine Stunde später stand Eisenbart, der Schmiedemagier, vor Tris und Daja. Er strich sich über seinen wilden Bart und versuchte ernst dreinzusehen. Er war ein Geweihter der Tempel des Lebenskreises und trug die rote Tracht, die anzeigte, dass er sein Leben den Göttern des Feuers geweiht hatte. Eisenbart war muskulös, etwa einen Meter achtzig groß und seine Haut hatte ein noch tieferes Braun als Dajas. Er hatte dunkle Augen und volle Lippen, die gerne lachten. Das drahtige schwarze Haar trug er an den Seiten lang, wie um seinen kahlen Hinterkopf wettzumachen. Seine Augen glitzerten jetzt unter den schweren Lidern und es sah verdächtig danach aus, als ob er sich amüsiere.

»Ich nehme an, Euch ist so etwas nie passiert«, meinte Tris säuerlich.

Sie und Daja waren immer noch gefangen. Bevor Polyam gegangen war, hatte sie Tris einen Stuhl gebracht, auf dem sie sitzen konnte. Daja musste stehen bleiben – das Metall war bis zu ihren Oberschenkeln gewachsen und machte es ihr unmöglich zu sitzen.

»Ehrlich gesagt, meine Magie ist mir auch einmal entwischt. Ich . . .«, Eisenbart räusperte sich, »ich versuchte einige Goldornamente zurück auf den juwelenbesetzten Kragen einer hoch gestellten Dame zu setzen.«

»Sie gab ihm ihre Juwelen und er wusste, dass ihr Mann sie vermissen und vermuten würde, dass sie sie einem Liebhaber gegeben hatte.« Rosendorn lehnte sich gegen die Wand, die Arme vor der Brust verschränkt, den Mund zu einem kleinen Lächeln verzogen. Sandri und Briar saßen auf dem Boden neben ihr.

»Ich wusste nicht, dass sie verheiratet war«, verteidigte sich Eisenbart.

»Habt Ihr denn gefragt?«, wollte Rosendorn wissen. Sie war eine stämmige Frau, nur wenig größer als Daja, mit kurz geschnittenem, kastanienbraunem Haar und braunen Augen, die oft mutwillig funkelten. In der grünen Ordenstracht der Geweihten des Erdtempels war sie in der düsteren Schmiede gar nicht so leicht zu sehen.

»Nicht alle von uns sind so perfekt, wie Ihr es seid«, sagte Eisenbart und legte seine Hände auf das Eisen, das Daja und Tris gefangen hielt. »Manchmal entkommt die Magie einem Magier, das ist alles, was ich sagen wollte.« Er sah Rosendorn durchdringend an, dann konzentrierte er sich auf seine Aufgabe.

Daja lächelte. Eisenbart würde alles wieder in Ordnung bringen. Das tat er immer. Sie konnte die Kraft spüren, die von ihm ausging, als seine Magie in den eisernen Rebstock drang.

»Da!« Polyam war zurück in die Schmiede gekommen. »Es ist genau, wie ich euch gesagt habe.« Diesmal hatte sie zwei

Händler mitgebracht: eine ältere Frau, die einen dünnen maronenfarbenen Schleier mit Goldrand auf dem Haar trug, und einen Mimander, einen Magier der Händler, der von Kopf bis Fuß in zitronengelbes Tuch eingehüllt war und einen Gesichtsschleier der gleichen Farbe hatte.

Daja spürte, wie die Magie ihres Lehrers sich zurückzog, als Eisenbart die Neuankömmlinge rügte: »Es macht mir nichts aus, wenn Ihr zuseht, aber Ihr müsst leise sein. Wir können keine Ablenkung gebrauchen.«

Die ältere Frau nickte so herablassend wie eine Königin und der Mimander verbeugte sich.

Einen Augenblick später spürte Daja, wie Eisenbarts Macht wieder zum Rebstock zurückkehrte. Er ließ jetzt mehr Kraft hineinfließen. »Weißt du, ich hätte solche Lebhaftigkeit von Gold erwartet«, meinte er leise zu ihr. »Es ist ein so gefälliges Metall und nimmt Vorschläge fast zu eifrig an. Aber Eisen? Eisen sollte diese Art von Unsinn nicht machen . . . aha!«

Niemand musste fragen, was sein Ausruf zu bedeuten hatte: Die Metallranken gaben nach und zogen sich von den Armen der beiden Mädchen zurück. Tris riss sich los. Um Daja lösten die Ranken ihren Griff zögerlicher, doch schließlich gaben sie auch sie frei.

»Tja, was tun wir denn jetzt damit?«, wollte Rosendorn wissen. »Es scheint mir eine Schande, es einzuschmelzen.«

Die Eisenranken zuckten zurück und rollten sich ein. »Ich glaube, Ihr habt es erschreckt«, meinte Tris.

Daja hob die Metallpflanze auf. »Ich weiß nicht, ob wir noch etwas damit machen können.« Sie fuhr mit den Fingern über den gedrehten Stamm. »Es fühlt sich gar nicht mehr richtig wie Eisen an.«

Rosendorn legte eine Hand auf einen der Äste. »Ich denke, es wird weiterwachsen.«

»Seid Ihr sicher?«, fragte der Mimander, dessen Stimme durch seinen gelben Schleier leicht gedämpft klang. Er ging weiter in die Schmiede hinein, verbeugte sich vor Rosendorn und Eisenbart und hielt eine gelb behandschuhte Hand über den eisernen Rebstock. »Ja – ich kann die Kraft spüren. So etwas habe ich noch nie gesehen.«

»Können wir Euch helfen, verehrter Mimander?«, fragte Eisenbart.

Die ältere Frau sprach leise mit Polyam, die dann erklärte: »Die Zehnte Karawane Idaram wird in der Währung von Emelan einen Goldmaja für dieses Ding bezahlen.«

Daja sah die Händler stirnrunzelnd an. Ein Goldmaja war die Hälfte des Jahreseinkommens einer armen Familie.

»Es muss allerdings vom Kontakt mit einer Trangshi gereinigt werden«, bemerkte der Mimander an Polyam und die andere Händlerin gerichtet.

»Es war eine Trangshi, die es gemacht hat«, fuhr Rosendorn ihn an.

»Selbst eine Ratte hat Pelz und Fleisch«, erwiderte Polyam. »Einen Goldmaja und einen Goldstern. Wir würden mehr anbieten, aber dabei sind auch noch die Kosten der Kräuter und Öle zu berücksichtigen, die benötigt werden, um es zu reinigen.«

Das sind dreihundert Silbermonde!, sagte Sandri in Gedanken zu Daja. *Das wäre eine Mitgift oder neue Werkzeuge oder Gold, um damit zu arbeiten. Vielleicht solltest du es doch nehmen?*

Denk erst darüber nach, Daja!, riet ihr Briar. *Du hast etwas, was sie wollen, also lass sie bluten. Dadurch kannst du es ihnen heimzahlen, wie sie dich behandelt haben.*

»Es ist nicht zu verkaufen«, sagte Eisenbart zu Polyam und ihren Gefährten. »Wir müssen es erst untersuchen, bevor irgendwelche Entscheidungen getroffen werden.«

»Einen Goldmaja und zwei Goldsterne«, bot die ältere Frau. »Nicht einen Kupfermond mehr. Die Trangshi mag die Nacht haben, um darüber nachzudenken.« Sie ging mit erhobenem Kopf fort. Der Mimander zögerte. Vielleicht sah er Daja an, aber das war schwer zu sagen, denn der gelbe Schleier verdeckte sein Gesicht. Dann folgte auch er der älteren Frau. Polyam trat beiseite, um ihn vorbeizulassen.

»Gilav Chandrisa wird nicht noch höher bieten«, sagte sie.

Was ist ein Gilav?, fragte Tris in Gedanken.

Karawanenführer, antwortete Briar. *Wie der Kapitän eines Schiffes.*

Daja blickte auf den Rebstock. Eine Ranke hatte sich wie der Schwanz einer Katze um ihren Finger gerollt. Daja spürte so starke Gefühle in ihrer Brust aufsteigen, dass es ihr fast den Atem raubte. Sie müssen das hier sehr gerne haben wollen, um einer Trangshi ein Angebot zu machen, dachte sie.

»Bei uns Blauen Händlern gibt es ein Sprichwort«, sagte sie dann und starrte in Polyams Richtung. »Wenn drei handeln, gewinnt keiner. Die Zehnte Karawane muss mit mir direkt verhandeln. Mit mir. Sie muss mit der Trangshi Daja Kisubo sprechen.«

Eisenbart grinste und legte einen Arm um Dajas Schultern. Sandri klatschte; Briar pfiff beifällig. Selbst Rosendorn und Tris lächelten.

Polyam zuckte mit den Schultern. »Da ich nichts gehört habe, kann ich keine Angebote übermitteln.« Sie drehte sich um und humpelte den anderen Händlern hinterher.

Daja hielt den eisernen Rebstock ganz fest und wünschte, sie könnte mit ihnen gehen, könnte zurückkehren zu einem Leben, dessen Regeln sie ganz genau kannte.

Wir sind jetzt deine Familie, sagte Sandri zu ihr.

Sie haben dich ausgeschlossen, fügte Briar hinzu. *Oder hast du das vergessen?*

»Eisenbart!« Ein kleiner Mann mit grauen Schläfen stand in der Tür und sah sie aus dunklen, von vielen Fältchen umgebenen Augen an. Er war wie ein Handwerker gekleidet, in eine knielange grüne Tunika, weite braune Kniebundhosen und Lederschuhe; eine runde weiße Kappe bedeckte sein Haar. »Es passt mir nicht, dass Euer Lehrling hier völlig unbeaufsichtigt Magie ausübt.«

»Mir auch nicht«, sagte Eisenbart und ging auf den Besitzer der Schmiede zu. »Daja Kisubo, dies ist Kahlib ul Hanoh, der Schmied des Dorfes.«

Daja fasste den eisernen Rebstock fester. »Tut mir wirklich Leid«, sagte sie, rot vor Verlegenheit.

»Ich hoffe nur, du hast nicht irgendwas zurückgelassen«,

schimpfte der Schmied. »Ich bin kein Magier, aber ich habe oft genug mit welchen zu tun gehabt, um das zu wissen.«

»Ich denke, alle Magie ist im Rebstock«, stieß Daja hervor und sah sich um. Die vier Kinder hatten während des Sommers gelernt Magie zu sehen.

Eisenbart klopfte ihr auf die Schulter. »Warum gehst du nicht zurück ins Schloss und nimmst ein Bad?«, schlug er vor. »Du siehst ziemlich erschöpft aus.«

Daja sah an sich herab. Ruß, der von der Umklammerung des Rebstocks stammte, bedeckte ihre Haut und Kleidung vom Hals bis zu den Knien. Selbst für einen Schmied war das viel Schmutz. »In Ordnung«, stimmte sie leise zu.

»Nimm das Ding mit«, befahl Kahlib.

Daja nahm den Rebstock, verbeugte sich noch einmal und verließ die Schmiede.

Rosendorn wandte sich an Briar. »Nun, da die ganze Aufregung vorbei ist, wie gefiele es dir denn, das Gold von Goldkamm zu sehen?«

Vor fünf Monaten war Briar noch eine Straßenratte und ein Dieb gewesen und bei der Erwähnung von Reichtümern horchte er immer noch auf. »Ihr wollt mir Gold zeigen?«, fragte er. »Ihr habt doch gar keine Verwendung dafür.«

»Für diese Art schon. Komm mit.« Rosendorn verabschiedete sich von Kahlib und zog Briar mit sich nach draußen. Sie marschierte mit ihm zum Schloss. Kleiner Bär saß vor den Toren und wartete auf sie. Als Rosendorn und Briar jedoch vor dem Schloss abbogen und einem kleineren Weg folgten, der hoch in die raue Gegend südlich des Schlosses führte, folgte Kleiner Bär ihnen nach.

Der Weg wurde schmaler, bis er kaum mehr als ein Pfad war, gerade breit genug für zwei Reiter.

»Was für eine Art von Gold bewahrt man denn außerhalb der Mauern des Schlosses auf?«, fragte Briar, während er sich den steilen Pfad hochquälte.

»Du wirst schon sehen.« Rosendorn sagte nichts weiter und Briar sparte sich seinen Atem fürs Klettern. Zumindest war der Ausblick, der sich ihnen bot, schön – oder wäre es zumindest gewesen, wenn das Tal unter ihnen nicht in Rauchschwaden gehüllt gewesen wäre. Schließlich machte Rosendorn eine kurze Pause und hustete heftig. Selbst Kleiner Bär hechelte mit heraushängender Zunge.

»Alles in Ordnung?«, fragte Briar seine Lehrerin rau. Er wollte nicht rührselig erscheinen oder so was, aber manchmal wachte er nachts schweißgebadet auf, weil er geträumt hatte, Rosendorn wäre etwas zugestoßen.

Sie nahm die Wasserflasche von ihrem Gürtel und trank davon, dann wischte sie mit dem Ärmel über das Mundstück und reichte Briar die Flasche. »Verdammter Rauch«, erklärte sie, nachdem sie einige Male tief Luft geholt hatte. »Und die Luft hier oben ist dünn. Jetzt sieh dich mal um!« Sie deutete mit dem Arm nach rechts, wo der Berg steil nach unten abfiel. Briar ging hinüber und blinzelte mehrmals, um sicherzugehen, dass er auch richtig sah.

Auf dem Bergkamm hatte jemand eine kleine Senke ausgehoben und terrassenförmig angelegt. Im Nordosten sah er eine Steinmauer, die von Soldaten bewacht wurde. In dem kleinen Tal wuchsen Reihen um Reihen von Pflanzen zwischen Bewässerungsgräben, die fast trocken waren. Zu Briars Kummer waren auch die Pflanzen alle halb vertrocknet und braun.

»Das Gold von Goldkamm«, kommentierte Rosendorn und ihre Stimme hörte sich schon wieder besser an. »Oder was davon noch übrig ist.«

»Wie können Pflanzen Gold sein?«, fragte er.

»Dies sind Safrankrokusse. Die Narben, das heißt, die oberen Teile des Fruchtknotens, die den Blütenstaub auffangen, werden getrocknet und sind ihr Gewicht in Gold wert. Man braucht zwanzigtausend von ihnen, um eine Unze Safran herzustellen.«

Briar pfiff lautlos durch die Zähne. Safran war das teuerste Gewürz der Welt und diejenigen, die damit handelten, erzielten ein Vermögen. Ein Pfund dieses Safrans würde wahrscheinlich alle Einwohner des Goldkammtals für ein oder zwei Jahre ernähren.

»Was ist denn geschehen – nicht genug Wasser?«, wollte er wissen, ohne den Blick von den Safranterrassen zu wenden.

»Was sie an Wasser haben, bringen sie vom Schloss herauf, aber das ist hartes Wasser und nicht sehr gesund für die Pflanzen. Safran braucht zwar nicht viel Wasser, aber die Trockenheit hält in diesem Teil des Landes nun schon seit drei Jahren an.«

»Ich wünschte, sie hätten es uns früher wissen lassen«, sag-

te eine klare Stimme in der Nähe. »Wir hätten vielleicht helfen können.«
Briar zuckte zusammen. Ein Mann war wie aus dem Nichts aufgetaucht. Er war gut zwei Ellen größer als Briar, schlank, mit langem schwarzen Haar, das von grauen Strähnen durchzogen wurde. Er hatte ein hageres Gesicht und einen buschigen, ebenfalls von Grau durchzogenen Schnurrbart. Seine Augen waren das Interessanteste an ihm: tief dunkelbraun, fast schwarz, waren sie von dichten schwarzen Wimpern umgeben und lagen tief unter buschigen schwarzen Brauen. Er trug ein blassgelbes Leinenhemd, eine weite braune Leinenhose, polierte Schuhe und eine offene Baumwollrobe, die in einem Bronzeton gefärbt war.
Kleiner Bär klopfte mit seinem Schwanz auf den Boden und verursachte eine Staubwolke, die Rosendorn zum Niesen brachte.
»Niko, Ihr habt mich zu Tode erschreckt!«, fuhr Briar ihn an, ärgerlich auf sich selbst, dass er nicht gemerkt hatte, dass sein Lehrer in der Nähe war. »Für jemanden, dessen Leben darin besteht, Dinge zu sehen, macht Ihr Euch ziemlich leicht unsichtbar!«
»Das war meine Absicht«, sagte Niklaren Goldauge mit einem Lächeln. »Ich muss wirklich gut gewesen sein, um gerade dich zu überraschen, Briar.«
Der Junge schniefte und rieb seine Nase an seinem Ärmel. »Ich habe gerade über die Pflanzen nachgedacht«, gab er zurück. »Die armen Dinger.«

»Komm und wirf einen genaueren Blick darauf«, schlug Rosendorn vor und nahm ihre Wasserflasche wieder an sich. Mit Kleiner Bär an ihrer Seite stieg sie in das winzige Tal hinab. Niko und Briar folgten ihr.
Nun konnte Briar sehen, was dort wuchs: kleine Blumen, nicht mehr als einen Fuß hoch. Alles war ungewöhnlich klein, er nahm an, dass die Blätter und Blüten normalerweise größer waren, aber eben nicht genug Wasser bekommen hatten. Er kauerte sich nieder und hielt die Handfläche über den Boden. Er war sandiger als die Erde im größeren Tal unter ihnen, mit einer guten Dränage, um den Regen abzuleiten. Sanft befühlte er ein abgestorbenes Blatt zwischen zwei Fingern. Es war zu trocken; das Wasser des Schlosses war zu hart, es enthielt zu viele Mineralien. Ohne weichen Regen mussten diese Herbstblüher aufgeben.
»Was ist mit euch?«, fragte er laut. »Habt ihr irgendetwas übrig behalten, um nächstes Frühjahr zu wachsen?« Er legte eine Hand an den Stamm eines Pflänzchens und schickte seine Magie aus.
Hitze fuhr durch seine Fingerspitzen und sprang heraus. Der Krokus, den er berührt hatte, fiel zu Asche zusammen. Die Hitze, die von Briar ausging, umgab alle Pflanzen auf der Terrasse. Er spürte die scharfen Hitzestöße und fühlte, wie die Knollen unter der Erde verglühten.
Briar blieb der Mund offen stehen. Kleiner Bär winselte und versteckte sich hinter Rosendorn.
»Das war ein Blitz«, sagte Niko völlig gleichmütig. »Ein Blitz dort, wo er überhaupt nichts zu suchen hatte.«

Langsam zog Briar ein Taschentuch heraus und nahm damit einen Klumpen aus der Erde auf. Die Hitze des Blitzes hatte Teile des sandigen Bodens in Glas verwandelt.

»Ich kann keine Blitze schleudern«, protestierte er und betrachtete das warme Glas gegen die Sonne. »Das muss Tris gewesen sein.«

»Sah für mich ganz nach einem Blitz aus«, meinte auch Rosendorn.

Briar starrte Niko an. »Ihr müsst etwas dagegen tun«, sagte er zu dem Mann, der ihn in Rosendorns Obhut gebracht hatte. »Ich kann nicht rumgehen und Pflanzen vernichten. Das kann ich einfach nicht.« Entsetzt blickte er auf das Fleckchen Erde, das er verbrannt hatte. »Und wie soll ich jemals für diese Krokusse bezahlen?«

Kleiner Bär kroch zu ihm und leckte Briars Hand.

»Setz dich!«, sagte Rosendorn und legte eine Hand auf Briars Schulter. »Du bist ja ganz blass.«

Er gehorchte und setzte sich auf den Rand der niedrigen Steinmauer, die das Terrassenstück umgab.

»Warum konnte es denn nicht Regen sein, wenn ich schon fremde Magie hervorbringen muss?«, fragte er und verbarg sein Gesicht im weichen Fell des Hundes. »Es gibt nicht einen Pflanzenmagier, der nicht ein wenig Wasser gebrauchen könnte!«

Niko seufzte. »Jedes Mal, wenn ich denke, wir haben die Magie, die ihr vier hervorbringt, im Griff, entwickelt ihr etwas Neues.« Er fuhr sich mit den Fingern durch sein schulterlanges Haar. »Keiner der Magiestudenten an der Universität

Lichterbrücke hat jemals über solche Möglichkeiten verfügt.«

»Einer der Gründe, weshalb ich niemals dort Magie studieren wollte«, warf Rosendorn ein. »Es muss entsetzlich langweilig sein.«

Als Briar zu ihr aufblickte, lächelte sie ihn an. »Es ist gar nicht so schlimm, wie du denkst. Diese Knollen hätten den Winter sowieso nicht mehr überstanden – sie sind am Ende ihres vierjährigen Wachstums.« Sie blickte hinauf zum Himmel, der hinter einem Rauchschleier verborgen lag. »Niemand wird sterben, weil diese hier verbrannt sind.«

Briar spuckte auf den Boden. »Ich wünschte, wir wären zu Hause«, sagte er grimmig. »Ich wünschte, wir wären wieder im Verschlungenen Kreis, in unseren eigenen Gärten. Weshalb sind wir denn überhaupt mit dem Herzog hierher gekommen?«

»Weil der Norden des Landes große Schwierigkeiten hat«, erklärte Niko. »Der Herzog hat diese Reise unternommen, um festzustellen, wo Hilfe gebraucht wird. Und wir werden ihm helfen müssen, so gut wir können, um diese Menschen vor dem Hungertod zu bewahren.«

»Und wir können dennoch versagen«, fügte Rosendorn hinzu. »Der Winter kommt hier oben zeitig und er ist heftig. Wir sollten uns lieber schnell etwas überlegen.«

Nachdem Daja den Aufstieg von der Schmiede zum Schloss hinter sich gebracht hatte, war sie so niedergeschlagen wie schon lange nicht mehr. Heute war sie zum ersten Mal seit

Monaten ganz nahe mit Händlern in Kontakt gekommen und sie hatten sie wie Dreck behandelt. »Wie ... wie trangshi«, murrte sie vor sich hin, während sie durch das Schlosstor ging. Sie hätte den ganzen Nachmittag weiterarbeiten können und es wäre ihr egal gewesen, dass sie mit Eisen und Ruß bedeckt war, doch der Gedanke, dass sie zu verabscheuungswürdig war, als dass man mit ihr reden konnte, hatte sie tief getroffen. Sie bezweifelte, dass ein Bad das wieder in Ordnung bringen konnte, aber es war immer noch besser, als sich die Haut abzuziehen, das einzige andere Mittel, das ihr einfiel. Sie ging geradewegs auf den Eingang der Bäder zu, die abseits des Haupthofes lagen.

Nebelschwaden umhüllten sie, als sie ein paar Schritte in die unterirdischen Räume hinunterstieg. Der Geruch nach Mineralien kam vom Wasser. Anders als die Badehäuser im Verschlungenen Kreis, wo man das Wasser in einem Kessel erhitzte, wurde dieses hier durch eine natürliche heiße Quelle gespeist, die von Feuern tief innerhalb der Berge erhitzt wurde. Hier konnte sie den Schmutz wegwaschen.

Sie wickelte den Stamm des Rebstocks in ihre Lederschürze und lehnte ihn gegen die Wand, dann legte sie ihre Kleidung ab. Bis auf eine einsame Aufseherin war der große Baderaum leer. Die Aufseherin sah Daja merkwürdig an, als sie ihr Seife, Handtücher und eine Bürste gab. Es schien, als käme niemand so früh am Tage hierher.

Das Wasser war heiß. Daja ließ sich ganz langsam hineinsinken und sich von der mineralreichen Flüssigkeit umfangen. Zumindest hießen die Metalle darin sie willkommen.

Sie ordneten sich tröstend um ihren Körper an, bis sie sich besser fühlte. Das Wasser wiegte sie, wie das Meer das Dritte Schiff Kisubo gewiegt hatte. Daja schloss die Augen.

In ihren Gedanken ergriff sie ihren eisernen Rebstock und aus jedem Ast und jedem Zweig schimmerte Magie. Das Metall bewegte sich langsam, wuchs hier ein Stück und dort ein klein wenig. Daja rührte sich kaum und atmete ganz leicht, während sie ihre Schöpfung untersuchte. Sie konnte Teile von Sandri, Tris und Briar darin mit ihrer eigenen Macht vermischt spüren, doch nur, weil sie wusste, wonach sie suchen musste. Die Zeit, in der sie mühelos ihre Magie von der ihrer Freunde hatte unterscheiden können, war vorbei. In den Wochen, seit Sandri die vier zusammengesponnen hatte, damit sie ein Erdbeben überlebten, hatte Dajas Feuer- und Metallmagie Teile von Sandris Fadenmagie, Tris' Naturmagie und Briars Verbindung mit Pflanzen angenommen. Der Rebstock war ebenso sehr Briars Werk wie Dajas, und Sandris Magie hatte die Stäbe dazu veranlasst, sich umeinander zu winden, um einen starken Stamm zu schaffen. Was Tris dazu beigetragen hatte, konnte Daja noch nicht sagen, doch früher oder später würde sie es herausfinden.

Also: Polyams Gilav wollte den Rebstock kaufen. Sollte sie ihn verkaufen? Eisenbart wollte ihn behalten, bis er wusste, wie er entstanden war. Und es war nicht so, dass Daja Geld brauchte, nicht solange sie im Verschlungenen Kreis lebte. Aber wenn Händler wieder mit ihr als einer der ihren sprachen ...

Träum nur weiter, sagte eine Stimme in ihr. Du bist dein ganzes Leben lang trangshi – außer natürlich, ein Wunder geschieht und eine Händlerfamilie schuldet dir so viel, dass sie deinen Namen wieder in die Kontenbücher schreiben lässt. Und wie oft ist das schon passiert? Einmal? Zweimal in tausend Jahren?

Sie hörte Stimmen. Mit einem Stirnrunzeln öffnete Daja die Augen.

Es war Sandri mit ihrer Lehrerin, der Geweihten Lerchenfroh, die meist nur Lerche genannt wurde. Sie waren in Bademäntel gekleidet und nahmen die Waschutensilien von der Aufseherin entgegen.

Sandri blickte zu Daja hinüber, dann sagte sie leise etwas zur Aufseherin. Die Frau verbeugte sich schweigend und verließ den Raum.

Während Sandri ihren Bademantel ablegte und in das dampfende Wasser stieg, setzte Lerche sich auf eine Bank. Lerches Haut hatte eine bronzene Tönung, was darauf hindeutete, dass sie einen Vorfahren aus dem Osten in ihrer Familie hatte. Sie sah ein wenig wie eine Katze aus, mit ihren breiten Wangenknochen, dem spitzen Kinn und einer kurzen, geraden Nase. Daja beobachtete, wie die Geweihte ihr kurzes, lockiges schwarzes Haar auskämmte, und erwartete beinahe, dass Lerche anfing zu schnurren. Wie Rosendorn war Lerche eine Erdgeweihte und sie war eine Magierin des Fadens und der Stoffe. Sie und Rosendorn lebten in einem kleinen Haus im Verschlungenen Kreis zusammen mit den vier jungen Magiern.

Daja versuchte zu lächeln, als Lerche ins Wasser glitt. »Ich schätze, es hilft auch nicht, wenn ein Trangshi badet. Die Unreinheit geht tiefer als nur in die Haut«, sagte Daja. Der Scherz gelang ihr nicht, denn Tränen rollten ihre Wangen hinunter. Sie schloss ihre Augen, doch die Tränen hörten nicht auf.

Lerche seufzte. »Es tut mir Leid für dich.«

»Zumindest verstehe ich, warum ich trangshi bin, auch wenn ich es hasse«, flüsterte Daja. »Ich will nicht, dass die anderen Händler mein Pech bekommen.« Sie wischte die Tränen von ihren Wangen.

Lerche legte sanft eine Hand auf Dajas Schulter und nickte zum Rebstock hin. »Ist das deine Schöpfung, für die sie so hoch geboten haben?«

Daja nickte, während Sandri voller Stolz hinzufügte: »Sie hat ihnen gesagt, sie müssten mit ihr selbst verhandeln. Sie war wunderbar!«

»Ich fühle mich aber nicht wunderbar«, erwiderte Daja. »Ich fühle mich unrein.« Sie nahm Bürste und Seife und begann zu schrubben. »Außerdem bedeutet ein Eröffnungsgebot gar nichts. Nur ein Hamot nimmt das erste Angebot. Sie bieten nur deswegen gleich Gold an, weil jeder weiß, dass Magie die Preise in die Höhe treibt.«

»Ich weiß nicht, was Hamot bedeutet«, gestand Sandri. »Vom Handeln habe ich nie viel mitbekommen.«

Daja legte den Kopf auf den Beckenrand. »Ein Hamot ist jemand, der zu dumm ist, um zu wissen, dass der angebotene Preis eine Beleidigung ist.«

»Hm«, murmelte Sandri und löste ihre Zöpfe auf, um ihr Haar zu waschen. »Was glaubst du denn, wie hoch sie gehen werden?«
»Wenn ich wüsste, wo sie ihn verkaufen wollen, könnte ich das besser einschätzen«, musste Daja eingestehen. »Sie haben sicher bereits einen Käufer im Sinn.« Sie paddelte leicht mit den Beinen. »Wenn sie eine Möglichkeit finden mit mir zu reden, obwohl ich trangshi bin, heißt das, dass ich mindestens drei Goldmajas verlangen kann.«
Lerche kniff die Augen zusammen und betrachtete den Rebstock, dann streckte sie die Hand aus und berührte ihn mit ihren Fingerspitzen. »Ich habe noch nie so etwas gesehen. Metall, das wächst! Wie groß wird es wohl werden?«
Daja zuckte mit den Schultern. »Kommt darauf an, wie viel Metallvorrat der Rebstock noch hat. Sobald das Eisen im Stamm aufgebraucht ist, wird er frisches Metall von irgendwoher brauchen.«
»Ich finde ihn wundervoll«, sagte Sandri.
»Er ist nur wundervoll, weil ich das Eisen nicht für etwas anderes brauchte«, meinte Daja düster. »Was, wenn jemand wirklich die Nägel gebraucht hätte, die ich machen sollte? Und was, wenn jemand will, dass ich noch einmal so etwas schaffe? Ich wüsste ja gar nicht, wo ich anfangen sollte – die Magie ist mir einfach entschlüpft.«
Sandri biss sich auf die Lippe. »Mir ist es heute Vormittag ganz ähnlich ergangen«, gestand sie und erzählte von der verbrannten Stickerei.
Lerche lehnte sich im Wasser zurück und sah die Mädchen

interessiert an. »Tja. Bis jetzt waren die Ergebnisse eurer Magie, die sich auf unbekannten Pfaden weiterentwickelte, gut oder haben zumindest keinen ernsten Schaden angerichtet, doch ganz offensichtlich beruhigt sich die Magie in euch allen vieren nicht, sondern tauscht sich weiter aus.« Sie nickte entschlossen. »Es wird Zeit festzustellen, ob sie in einer Karte verzeichnet werden kann.«

»Wie wollt Ihr Magie in einer Karte einfangen?«, wollte Sandri wissen und ihre blauen Augen funkelten neugierig.

»Nicht ich, Sandrilene«, erwiderte Lerche mit einem Lächeln. »Du. Diese Veränderungen begannen, nachdem du den magischen Ring gesponnen hast. Daher wirst du es sein, die die Karte webt.«

3

Die Nacht kam früh in den Bergtälern. Etwa eine Stunde vor dem Abendessen lag das Tal bereits im Schatten. Von einem der Balkone des Schlosses sah Daja die Streifen von schwachen orangefarbenen Feuern im Dunkeln heller und heller werden.

Ohne sich umzudrehen, wusste sie, dass die Person, die gerade das Zimmer betreten hatte, Eisenbart war. »Ich frage mich, was in solchen Flammen geschmiedet werden könnte«, sagte sie. »Eine Brücke über diese Berge oder ein Schwert, so lang wie die Halbinsel Emel.«

»Das bezweifle ich. Grasfeuer brennt nicht so heiß.« Er trat zu ihr auf den Balkon und lehnte sich an das Geländer, von wo aus er ihr Gesicht sehen konnte.

Ein Vogel flog im Sturzflug zu ihnen herunter und setzte sich zwischen sie. Es war ein Star, ein braun gefleckter Vogel mit einem scharfen gelben Schnabel und klugen schwarzen Augen. Er ignorierte Eisenbart und krähte Daja an, wobei er seine Backenfedern aufblähte.

»Ich weiß nicht, wo Tris ist«, sagte Daja zu dem Vogel. »Ich glaube, sie war den ganzen Nachmittag in der Bibliothek. Geh und fang dir zum Abendessen einen Käfer, Kreisch.«

Kreisch piepste schrill.
»Ich weiß nie, ob er versteht, was man zu ihm sagt«, meinte Eisenbart.
»Das Problem ist, dass er sich praktisch nur für Nahrung interessiert, und er will sie immer sofort.« Daja wühlte in einer Tasche und holte etwas Schwarzbrot vom Mittagessen hervor. Sie brach es in kleine Teile und legte sie für den Star aus. Er pickte sie flink auf.
»Ich habe darüber nachgedacht, Daja, welche Arbeit ich dir geben könnte, solange wir hier sind«, sagte Eisenbart und betrachtete Kreisch. »Wir wollen ja nicht, dass du aus der Übung kommst, und leider kommt es nicht mehr in Frage, dass du Kahlib hilfst. Die Handelskarawane will, dass er einige Sachen für sie ausbessert.«
»Und ich kann das nicht machen, weil ich trangshi bin«, sagte Daja bitter. »Was bleibt also für mich übrig?«
»Sowohl Kahlib als auch der Zimmermann des Schlosses brauchen mehr Nägel.«
»Eisenbart!«, protestierte Daja.
»Ich weiß, ich weiß – aber das ist alles, was ich im Augenblick organisieren kann. Außerdem wird die Disziplin dir gut tun. Schmieden, sei es magisch oder nicht, ist einfach harte Arbeit.«
Die Tür wurde geöffnet und Tris und Briar traten ein. Als der Star Tris entdeckte, begann er durchdringend zu kreischen. Er flog ins Zimmer hinein, um sich auf Tris' Schulter niederzulassen, und pickte an ihrem Ohr.
»Kreisch, hör auf! Du bist ein großer Vogel – benimm dich

auch so!« Tris zuckte zusammen und entfernte den Deckel der kleinen Schüssel, die sie trug. Die Schale war halb gefüllt mit winzigen Bällchen aus rohem Fleisch und hart gekochtem Eigelb. Der Star hüpfte auf Tris' Handgelenk hinunter und begann die Bällchen zu verschlingen.

Eisenbart erhob sich. »Ich sollte mich wohl besser umziehen, wenn wir mit Ihrer Hochwohlgeborenen Inoulia zu Abend essen«, bemerkte er und streckte sich. »Sie sieht aus, als gehöre sie zu der Art von Frauen, die etwas dagegen hat, wenn die Leute in Arbeitskleidung zu Tisch kommen.« Als er auf seinem Weg hinaus an Briar vorbeikam, zwickte er ihn in die Nase.

Briar grinste, schlug die Hand des Schmieds weg und ging auf den Balkon hinaus. »Willst du mal sehen, was ich Blödes gemacht habe?«, fragte er Daja und holte ein Stück schmutziges, ungeschliffenes Glas aus seiner Hosentasche.

Daja hielt es in die letzten Sonnenstrahlen und betrachtete es genau. Einige dieser schwarzen Büschel sahen aus wie Pflanzenreste, getrocknetes Gras oder Wurzeln. »Wo hast du das denn gefunden?«, fragte sie.

»Ich habe es gemacht«, war Briars düstere Antwort. Er lehnte sich gegen die Tür und fuhr mit den Fingern durch sein Haar. »Ich habe verblühten Safran im Wert von ungefähr drei Silbersternen verbrutzelt, während ich ihn mir ansah.«

Daja stellte es sich vor; Briar hatte so viel Safran verbrannt, dass man eine arme Familie drei Monate lang ernähren konnte. »Warum hast du denn so etwas Dummes getan?«

Tris gesellte sich zu ihnen und fragte: »Ja, warum?«

»Ich hab es ja nicht absichtlich getan«, fuhr er sie an. »Ich wollte herausfinden, ob die Knollen immer noch lebten, und plötzlich sind Blitze aus mir rausgesprungen.«

Tris streckte die Hand aus. Daja reichte ihr den Klumpen.

»Die Erde in Krokusbeeten besteht größtenteils aus Sand«, erklärte Briar. »Als mein Blitz dort eingeschlagen ist, entstand Glas.«

Während Tris den Klumpen untersuchte, brachte ihre Magie ihn zum Schimmern, und Briar fügte hinzu: »Wenn ich, wie du, mein Haar schneiden lassen muss, um zu verhindern, dass Blitze darin wachsen, kann ich mich gleich so glatt rasieren, wie Eisenbart es am Hinterkopf ist. Es ist ja nicht so, als ob ich besonders lange Haare hätte.«

Tris' Stirnrunzeln verwandelte sich in ein schiefes Lächeln. Obwohl sie ihr Haar hatte schneiden lassen, hatte sie noch um einiges längere Haare als Briar.

»Da seid ihr ja.« Sandri kam auf den Balkon hinaus und holte drei Garnröllchen mit ungefärbtem Faden aus ihrer Handarbeitstasche. »Ich muss jedem von euch eines davon geben und ihr müsst es einen Tag oder so bei euch behalten.«

»Warum?«, wollte Briar wissen, als sie ihm eine Rolle reichte. »Es wird schmutzig werden.«

»Das macht nichts«, antwortete sie und drückte ihm das Garn in die Hand. »Es soll dich nur kennen lernen.«

»Warum sollte es uns kennen lernen?«, fragte Daja. Für sie fühlte es sich wie ein einfacher alter Seidenfaden an.

»Lerche meint, ich könnte eine Karte von unserer Magie we-

ben und sehen, wo sie durcheinander gekommen ist«, erklärte Sandri. »Es ist doch einen Versuch wert, oder nicht?«
»Was ist, wenn wir schlafen?«, wollte Daja wissen. »Unsere Nachthemden haben keine Taschen.«
»Dann leg es unter dein Kopfkissen«, war Sandris entschiedene Antwort.
»Wird das helfen?«, fragte Tris mit unsicherer Stimme. »Glaubt Lerche das?«
Sandri nickte.
»Was haben wir schon zu verlieren?«, meinte Briar mit einem Seufzer. Einer nach dem anderen steckten die Freunde die Röllchen in ihre Taschen.

Ihre Hochwohlgeborene Inoulia fa Juzon, zu deren Ländereien Goldkamm gehörte, speiste nicht nur mit jenen, deren Rang ihrem am nächsten war, sondern mit allen Schlossbewohnern, Adligen und Bediensteten gleichermaßen. Dennoch hatte Sandri keine besonders gute Meinung von ihr. Sie vermutete nämlich, dass Inoulia – eine angeheiratete Kusine von ihr – das nicht tat, um den Leuten das Gefühl zu geben, dass sie an ihrem Leben Anteil nahm, sondern um alle daran zu erinnern, wer das Sagen hatte.
Zumindest nahm Inoulia nicht allein den höchsten Platz auf dem Podium ein, wie sie es seit dem Tod ihres Mannes getan hatte. Heute Abend teilte sie ihn mit ihrem Schwiegervater, Herzog Vedris. Sandri musste lächeln, als sie ihren Großonkel den rasierten Kopf senken sah, um ernst der Bemerkung eines servierenden Dieners zu lauschen. Der

Herzog hörte jederzeit jeden an. Nach Inoulias Stirnrunzeln zu schließen, schätzte sie dieses Verhalten gar nicht. Sie starrte regungslos in die Ferne, während ihre Dienstboten mit ihr sprachen.

Sandri fragte sich, ob die Führer der Zehnten Karawane Idaram, die am Tisch neben ihr saßen, angenommen hatten, Inoulia sei diejenige von höchstem Adel hier. Inoulia trug eine Überrobe aus Goldbrokat und ein braunes Unterkleid aus Seide mit Goldstickerei, was beides ihre dunkelbraune Haut hervorragend betonte. Das goldene Band in ihrem braunen krausen Haar stand hoch wie eine Tiara und funkelte von Smaragden. Schwarze Perlen lagen in drei Reihen um ihren Hals und Ringe zogen die Aufmerksamkeit auf ihre schmalen, eleganten Hände. Der Herzog hingegen trug eine kastanienbraune Leinentunika, ein weißes Seidenhemd und schwarze Kniebundhosen aus Leinen. Die einzigen Zeichen von Wohlstand an ihm waren ein goldener Ohrring und ein schwerer Goldsiegelring. Herzog Vedris brauchte keine Juwelen und wertvollen Metalle, um seine Stellung deutlich zu machen.

Ihre Hochwohlgeborene Inoulia hatte gerade etwas zum Herzog gesagt und wandte ihre Aufmerksamkeit nun Sandri zu. »Ich bedaure, dass es mir heute auf Grund dringlicher Verpflichtungen unmöglich war, etwas Zeit mit dir zu verbringen, meine liebe Sandrilene«, erklärte sie. »Wie hast du denn den Nachmittag verbracht?«

»Ich habe mir Faden zum Weben besorgt, Kusine«, erwiderte Sandri. »Ich brauche ihn für meine Studien.«

Inoulia hob eine Braue. »Frauen unseres Standes weben nicht.«

»Du stimmst mir doch zu, nicht wahr«, sagte eine vornehme, weiche Stimme über Inoulias Schulter, »dass Magier das studieren müssen, was sie am besten in die Lage versetzt ihre Macht zu beherrschen? Sandris Magie drückt sich im Weben und Nähen aus.«

Sandri beugte sich vor und strahlte ihren Onkel an. Auf ihn konnte man sich immer verlassen!

»Dann wäre doch die Universität Lichterbrücke sicher ein besserer Aufenthaltsort für sie«, sagte Inoulia zu Herzog Vedris. »Deren Magier erhalten eine anständige Erziehung – wie unser eigener lieber Yarrun Feuerzähmer und sein Vater Ulmerin Talwart. Soweit ich weiß, beschäftigen die meisten Familien von Adel nur Magier der Universität.«

»Ein Brauch, den ich bedaure, meine Verehrteste.« Niko, der auf Sandris anderer Seite saß, beugte sich vor, um Inoulia in die Augen zu sehen. »Die Ausbildung an der Universität deckt nicht jede Magie ab und ungewöhnliche Kräfte erfordern ungewöhnliche Unterrichtsmethoden. Unsere Hochwohlgeborene Sandrilene kann so ungewöhnliche Dinge vollbringen, dass sie selbst an der Lichterbrücke unbekannt sind.«

Der Ausdruck in Inoulias Augen sagte deutlich, dass sie das erst glauben würde, wenn sie es sah.

Mit einem unterdrückten Seufzer blickte Sandri über den langen Tisch, der sich zwischen dem Podium und den Haupttüren des Speisesaals erstreckte. Auf halber Höhe, unmittelbar vor dem Salznäpfchen, saßen Lerche und Rosendorn und ihnen gegenüber war Eisenbart. Am anderen Ende saßen Briar, Daja und Tris und unterhielten sich. Sandri hätte wer weiß was darum gegeben, bei ihnen zu sitzen!

Das Hauptgericht war bereits abgeräumt und ein Pfau aus Obst und Zuckerguss – der zum Bewundern da war, nicht um gegessen zu werden – war gerade aufgetragen worden, als die Haupttüren geöffnet wurden. Ein grauhaariger Mann trat ein und stützte sich auf einen großen Stab, der mit hellem Email verziert war. Er war ähnlich wie Niko gekleidet, in Hemd und Hose aus dunkelgrüner Seide und eine kurzärmelige Überrobe aus granatrotem Samt, deren Säume und Kragen mit schwarzer Seide bestickt waren. Anders als Niko trug er sein graues Haar kurz; sein Gesicht war glatt rasiert und der Duft von teurer Seife umgab ihn. Als er die vielen Gäste sah, verzog er seine dünnen Lippen zu einem Lächeln, das allerdings kein echtes Vergnügen zeigte. Sandri, die ihn betrachtete, fand, dass er auch nicht sehr gesund aussah. Unter seinen großen, feucht wirkenden braunen Augen hatte er tiefe Ringe und seine helle Haut hatte einen fahlen Ton.

»Euer Hochwohlgeboren, vergebt mir«, sagte er, als er an den Tisch trat. »Ich war dabei, die Viehweiden zu inspizieren, als ich hörte, dass der Herzog angekommen sei. Ich durfte nicht versäumen meinen Respekt zu erweisen.« Er verbeugte sich tief vor dem Herzog. »Euer Gnaden ehren uns Nordländer, indem Ihr so persönliches Interesse an unseren Problemen zeigt.«

Inoulia lächelte. »Euer Gnaden, darf ich Euch unseren obersten Magier Yarrun Feuerzähmer vorstellen?« Der Herzog nickte einen Gruß und Inoulia fuhr fort: »Mein lieber Yarrun, Ihr habt die Gelegenheit einen Kollegen kennen zu lernen, der den Tross meines verehrten Schwiegervaters begleitet: Meister Niklaren Goldauge.«

Niko stand auf. Yarrun verbeugte sich, doch nicht so tief wie vor dem Herzog. »Jeder kennt den Namen Goldauge«, sagte er und sah aus, als habe er in einen sauren Apfel gebissen.

Niko erwiderte die Verbeugung. Wenn jedoch das leichte Zucken seines Schnurrbarts ein Hinweis war, schien er nicht sonderlich beeindruckt von dem Neuankömmling.

Manche dieser Universitätsmagier sind wie überzüchtete Katzen, dachte Sandri und beobachtete Yarrun, während Inoulia die wichtigsten ihrer anderen Gäste vorstellte. Sie kleiden sich, als wollten sie angeben, aber sich nur ja nicht die Hände schmutzig machen. Selbst Niko war manchmal so, besonders wenn es um seine Ehre ging.

Weil das Essen fast beendet war, blieb Yarrun auf dem Podium stehen und unterhielt sich leise mit dem Herzog und Inoulia. Sie wollten gerade alle den Tisch verlassen, als ein Junge in die große Halle stolperte. Er atmete schwer, als ob er schnell und lange gerannt sei.

»Meister Yarrun, Ihr seid zurück!«, rief er aus. »Den Göttern sei Dank!« Er stolperte, immer noch schwer atmend, auf das Podium zu. Alle starrten ihn an und bemerkten die Brand- und Rußflecken auf seiner groben Bauernkleidung.

Der Herzog murmelte einem der Bediensteten etwas zu, woraufhin dieser einen Kristallbecher voll Wasser goss und dem Jungen reichte. Der Junge trank den Inhalt in großen Schlucken.

Yarrun trat einen Schritt zurück, wie um Distanz zwischen sich und den Boten zu bringen. »Ich nehme an, es gibt ein Feuer«, murmelte er.

Der Junge nickte heftig und trank den Inhalt des Bechers aus. Der Bedienstete nahm ihn zurück und füllte ihn erneut, während der Junge hervorstieß: »Wir dachten, wir hätten es unter Kontrolle, aber der Wind . . .«

»Wie schlimm ist es?«, wollte Yarrun wissen.

»Ein Haus brennt, das Dach eines Hauses und eine der Scheunen. Es ist in den Gärten. Wenn es den Wall erreicht, nun, Ihr wisst, dass unser Wall nur aus Holz ist . . .«

Yarrun hielt einen Finger hoch, um den Jungen zum Schweigen zu bringen, dann überlegte er. Der Ort am Fuß des Berges war von Wald umgeben . . .

Komm schon, dachte Sandri. Das ist doch kein Schauspiel auf einer Bühne, es geht um echte Menschen.

Yarrun lächelte breit. »Möchtet Ihr vielleicht eine Demonstration meiner Fähigkeiten sehen?«, wandte er sich an Niko. »Ich bin sicher, Ihr werdet es amüsant finden.«

Tris' magische Stimme tönte so deutlich in Sandris Kopf, als ob der Rotschopf ihr ins Ohr schreien würde. *Amüsant! Er nennt ein Feuer amüsant! Warum halten wir nicht eine Fackel an seine Robe und warten ab, ob er das auch amüsant findet!*

Sandri schüttelte den Kopf, obwohl sie ihrer Freundin Recht geben musste.

Yarrun ging allen voran hinaus. Niko erhob sich und folgte ihm nach, wobei er Sandri mit der Hand bedeutete, dass sie mitkommen sollten.

Ein kurzer Blick zu Eisenbart, Lerche und Rosendorn, und die Geweihten erhoben sich, um Niko zu folgen; Briar, Daja und Tris rannten ebenfalls los.

Als Sandri an Inoulia vorbeikam, hörte sie diese zum Herzog sagen: »Das ist eine Kleinigkeit und nur für jene von Interesse, die mehr über Yarruns Können wissen möchten. Wir könnten uns in der Zwischenzeit in die Privatgemächer zurückziehen. Einige meiner Damen sind wirklich sehr geschickte Musikantinnen.«

Ist Yarrun so gut, dass sie der Meinung ist, es könne gar nichts schief gehen?, fragte sich Sandri. Oder ist ihr das Dorf einfach egal?

Yarrun führte sie in schnellem Schritt aus dem Schloss und über den Haupthof. Ein Dienstmädchen holte ihn auf halbem Wege ein und reichte ihm eine Ledertasche. Yarrun nahm die Tasche an sich und lief dann rasch weiter, bis sie einen der breiten Türme erreicht hatten, die das Haupttor begrenzten. Niko holte ihn hier ein. Er unterhielt sich leise mit ihm, als sie den Turm betraten. Eine Wendeltreppe führte nach oben und durch eine Tür konnte man auf die Mauer hinausgehen.

Die Schlossmauern waren sehr stark und der Weg auf der Mauer entlang war sehr breit. Alle paar hundert Fuß waren

Wachen postiert. Von dort oben konnte man einen orangefarbenen Schein im Norden sehen.
Genau wie die Mauern um den Verschlungenen Kreis waren diese hier mit tiefen Schießscharten ausgestattet. Yarrun und seine Gäste stellten sich hinein und hatten so einen guten Blick auf das nachtschwarze Tal unter ihnen, auf die Ansammlung von Hütten innerhalb des Holzwalls und auf das Feuer. Es war, wie der Junge gesagt hatte: Ein Haus war bereits bis auf den Grund niedergebrannt, während vom Haus daneben das Dach in Flammen stand. Dahinter hatte auch eine kleine Scheune Feuer gefangen. Große Gärten lagen zwischen der Scheune und dem Wall. Sie waren zur Hälfte verbrannt, die Flammen verschlangen alles, was von der Ernte übrig geblieben war. Auf der Mauer zogen sich alle ein Stück zurück, um zu sehen, was Yarrun vorhatte.
Er drehte sich zu Niko, die Flammen spiegelten sich in seinen großen Augen. »Die Anstandsregeln unserer Zunft gebieten, dass ich erst Euch die Möglichkeit gewähre, die Flammen zu ersticken.«
Daja runzelte die Stirn. In Yarruns Stimme lag ein Unterton, den sie nicht mochte.
»Das kann ich nicht«, sagte Niko ruhig.
»Tatsächlich? Ihr seid so berühmt, dass man meinen sollte, ein einfaches Dorffeuer zu ersticken wäre für euch ein Kinderspiel. Seid Ihr sicher?«, fragte Yarrun und hob eine Augenbraue.
»Ganz sicher.« Nikos Stimme war kühl.
Der Feuermagier öffnete die Ledertasche und wühlte darin

herum. »Wenn Ihr gestattet«, sagte er und zog etwas aus der Tasche. Er ging zu einer Schießscharte, öffnete die Hand und warf eine Art Pulver in die Luft. Langsam wehte es von der Mauer fort.

Während Yarrun mit den Fingern Zeichen in die Luft malte, begann er in einer Sprache zu sprechen, die keines der vier Kinder kannte. Sein Pulver funkelte in der Luft und raste auf das Dorf unter ihnen zu. Yarruns Stimme wurde lauter und die letzten drei Worte schrie er so laut, dass Lerche sich die Ohren zuhielt.

Das Feuer im Dorf – in den Häusern, der Scheune, den Gärten – erlosch. Es war nicht einmal mehr ein einziger glühender Funken zu sehen. Yarrun fiel gegen die Mauer. Keiner derjenigen, die ihn sehen konnten, hatte das Bedürfnis zu sprechen, doch von unten konnte man entfernt begeisterte Freudenschreie hören.

Schließlich richtete der Feuermagier sich wieder auf. Er fuhr sich mit zitternder Hand über das Gesicht, das jetzt schweißbedeckt war. Daja hatte den Eindruck, seine braunen Augen seien größer und feuchter als zuvor. Er sah sie grinsend an und sein Blick war halb von Irrsinn gezeichnet.

»Ihr wart hilflos, Niklaren Goldauge!«, bemerkte er, mit einer Stimme so rau wie die einer Krähe. »Ihr, ein Mitglied des amtierenden Rates der Universität und berühmt über das ganze Achatmeer! Aber ich habe es geschafft. Das Feuer gehorchte mir.«

Niko begegnete dem Blick des anderen Mannes ruhig. »Man muss Euch gratulieren.«

Yarrun seufzte. »Ich diene nur Ihrer Hochwohlgeborenen Inoulia von Goldkamm.« Er rieb sich die Augen. »Ich bleibe lieber noch ein bisschen hier, um sicher zu sein, dass sich nicht noch Feuernester unter irgendeinem Dach befinden. Bei Tageslicht könnte ich den Rauch sehen, dann wäre es leichter.«

»Das verstehe ich nicht«, sagte Briar. »Man kann Feuer nachts doch viel besser sehen.«

Yarruns Lippen zuckten in einem falschen Lächeln. »Bis wir Flammen sehen, ist das Gebäude meist schon verloren. Rauch ist das erste Zeichen für ein Feuer. Aber bitte, wartet nicht auf mich.« Er rieb die Hände aneinander. »Die Nacht wird kalt.«

Er schickte sie ganz unverhohlen fort. Briar knurrte verhalten und fand Yarruns Benehmen schlichtweg unmöglich. Sandri zog ihn mit sich, als sie ihren Lehrern in den Wachturm folgte.

»Euch hat er nicht gefragt, ob Ihr es löschen könnt«, murmelte Lerche Eisenbart zu, während sie die Treppe hinabstieg.

»Ich hätte es auch nicht gekonnt, nicht auf diese Entfernung«, erwiderte Eisenbart. »Wir Schmiede mögen unsere Feuer gerne nah.« Er blickte sich zu Daja um und zwinkerte ihr zu; sie grinste zurück.

»Niko, was war denn mit diesem Yarrun los?«, fragte Lerche. »Er war nicht sehr höflich.«

»Das habe ich schon öfter erlebt«, sagte Niko müde. »Manche werden berühmt, ob sie es verdienen oder nicht. Andere, die der Meinung sind, sie sollten berühmt sein, arbeiten im Verborgenen. Es ist . . . Rosendorn?«

Rosendorn war kurz vor dem Ausgang stehen geblieben. »Ich hole euch später wieder ein. Ich muss noch mit ihm reden.« Sie raffte ihre Röcke zusammen und stieg wieder die Treppe hinauf. Die vier Kinder traten beiseite, um sie vorbeizulassen.

»Diese eingebildeten Magier der Universität«, sagte Lerche, als sie, Niko und Eisenbart den Turm verließen. »Wie könnt Ihr es nur aushalten, mit ihnen zu arbeiten?«

»Ich tu es ja so selten wie möglich«, hörten die vier Kinder noch Nikos Antwort, bevor die Tür zufiel. Im Treppenhaus konnten sie das Echo von Rosendorns Schritten hören.

Sandri öffnete die Tür zum Hof und blickte hinaus. Niko und die anderen beiden Erwachsenen hatten bereits den halben Weg über den Hof zurückgelegt und die Köpfe zusammengesteckt, während sie sich unterhielten. Sie schienen ihre Schüler vergessen zu haben.

»Ich möchte nur wissen, was Rosendorn diesem Yarrun zu sagen hat«, murmelte Briar. »Sie hatte diesen Gesichtsausdruck.«

»Welchen Gesichtsausdruck?«, fragte Daja leise.

»Den sie immer hat, wenn du etwas wirklich Blödes gemacht hast und sie dir den Kopf zurechtrücken will«, antwortete Rosendorns Schüler trocken.

Sandri sah zurück zu ihren Freunden und hielt immer noch die Tür auf. Daja schüttelte den Kopf. Vorsichtig ließ Sandri die Tür zufallen.

Nicht ein Wort wurde gesprochen, als die vier wieder die Treppe hinaufstiegen. Sie bemühten sich so wenig Lärm wie möglich zu machen. Als sie die oberste Stufe erreicht hatten, übernahm Briar die Führung. Vorsichtig und ohne auch nur den geringsten Lärm zu machen, öffnete er die Tür einen Spaltbreit.

Rosendorns Stimme wurde von einer Brise herübergetragen. ». . . sagte, es hätte keinen Waldbrand mehr gegeben seit . . .«

»Seit dreißig Jahren«, unterbrach Yarrun sie und klang so deutlich, als stünde er innerhalb des Turms. »Mein Vater und ich haben dafür gesorgt. Grasfeuer sind die eine Sache. Meist sind sie schnell vorbei und erneuern das Land. Waldbrände sind etwas anderes. Mein Vater und ich haben sie verbannt.«

»Sie verbannt«, wiederholte Rosendorn mit flacher Stimme.

Oh-oh, sagte Briar. *Ich glaube, es wird interessant.*

Rosendorn senkte die Stimme. Der Wind rüttelte an den riesigen Bannern, die über dem Schlosstor hingen, und ließ sie heftig flattern.

Tris!, rief Sandri. *Tu was dagegen!*

Der Rotschopf nahm eine Hand voll Luft, die durch den Spalt wehte. Briar gab ihr die Form eines Astes, der die Tür halb offen hielt. Daja fasste einen weiteren silberglitzernden Ast, legte ihn aus wie einen Draht und führte ihn so, dass die Brise an ihnen vorbei die Treppe hinunterströmen würde. Der Luftzug wurde immer stärker. Daja überkreuzte die Finger in der Hoffnung, dass Rosendorn, die die Tricks der Kinder kannte, den Luftzug nicht bemerken würde, der nun ständig an ihrem Gesicht vorbei zum Turm wehte.

»Wisst Ihr denn, weshalb es diese Waldbrände gibt?« Rosendorns Stimme war wieder deutlich zu hören, obwohl sie sich bemühte es bei einem Flüstern zu belassen. »Ist Euch jemals der Gedanke gekommen, dass sie uns zu Diensten sind?«

»Kontrolliertes Feuer dient den Menschen, meine Teuerste«, sagte Yarrun und seine Stimme war kühl. »Alles, was darüber hinausgeht, ist ein Zeichen von Chaos und Unordnung. Von Zerstörung.«

»Kommt mir nicht so gönnerhaft daher.«

Ich liebe es, wenn sie so grantig wird, sagte Briar zu seinen Gefährten. Deren Grinsen war genauso mutwillig wie seines. Sie kannten Rosendorns Dornen gut und respektierten sie. Es war immer ein Vergnügen mitzuerleben, wie sie mit dem Unglücklichen umging, der ihren Zorn auf sich gezogen hatte.

»Sprecht nicht in diesem Ton mit mir. Wenn Ihr nichts Vernünftiges zu sagen habt . . .«

»Ich habe durchaus etwas Vernünftiges zu sagen, Herr Universitätsmagier!«

»Ihr vom Lebenskreis seid doch alle gleich. Da gibt es keinerlei Ordnung, nur Instinkt und Eingebungen und Handeln ohne jegliche Zielsetzung . . .«

»Ihr sagtet es selbst: Grasfeuer erneuert das Land. Alles wächst sogar noch besser als vor dem Feuer, ist es nicht so? Ist es Euch oder Eurem Vater niemals in den Sinn gekommen, dass die Wälder das Feuer genauso brauchen könnten?«

»Ich habe nicht den ganzen Tag im Sattel verbracht, um mich von einer eifernden Ordensfrau belehren zu lassen!«

»Dieses Tal ist eine Todesfalle.« Rosendorns Stimme klang schneidend. »Feuer – kleine, schnelle Feuer – reinigen den Boden von Mast.«

Mast?, fragte Daja die anderen still.

Kleinzeug, erwiderte Briar. *Abgestorbenes Holz, Schösslinge, alte Blätter, Nüsse und Eicheln.*

Rosendorn sprach immer noch. »Normalerweise brennen ein paar Zentimeter von diesem Kleinzeug schnell weg. Die Rinde der großen Bäume ist dick genug und die Bäume überstehen das Feuer. Aber jetzt? Nachdem es seit dreißig Jahren kein Feuer mehr gegeben hat? Die Mast ist an den meisten Stellen mindestens eine Elle hoch. Wenn es nass und feucht ist, kann kein Feuer ausbrechen. Aber ihr hattet hier drei Jahre Dürre. Alles ist trocken wie Zunder und eure Schösslinge sind groß genug, sodass das Feuer jetzt von dort aus zu den ungeschützten Kronen der großen Bäume überspringen kann. Und da glaubt jeder hier, Ihr könntet ein solches Feuer zum Erliegen bringen!«

»Das kann ich.«

»Und wenn nicht?«

»Ich bin sehr gut in meiner Arbeit.«

»Ihr wart gut darin, kleinere Feuer zu erdrücken und Brände aufzuhalten. Doch jetzt züchtet ihr einen Feuersturm heran. Der wird nicht so leicht zu löschen sein.«

»Und ich sage, Ihr unterschätzt meine Fähigkeiten!«
»Unterhaltet Euch mit einem meiner Schüler darüber, wie es ist, mit der Natur zu spielen.«
»Das sind Kinder . . .«
Jemand packte Tris am Ohr. Niko war von hinten an sie herangekommen und er sah nicht gerade erfreut aus. »Das reicht«, flüsterte er. »Ich will, dass diese Tür geschlossen wird und dass ihr alle vier mit mir kommt.«
Tris gab den Ast aus Luft frei. Briar ließ das Türschloss einschnappen. Ohne seinen Griff zu lockern, führte Niko Tris und die drei anderen aus dem Turm und zurück in ihre Zimmer. Als sie eintraten, sprang Kleiner Bär bellend auf.
»Setzt euch«, befahl Niko den Kindern.
Sie setzten sich und falteten lammfromm ihre Hände im Schoß. Niko sah Kleiner Bär mit gerunzelter Stirn an, worauf dieser in ein anderes Zimmer floh.
Niko lief auf und ab, die Hände in die Taschen vergraben, die Augenbrauen so stark zusammengezogen, wie die Kinder es noch nie gesehen hatten.
»Die Schuld liegt bei mir«, sagte er schließlich. »Ich hatte noch niemals so junge Schüler. Es ist mir einfach nicht in den Sinn gekommen, dass ihr die Manieren oder die allgemeinen Regeln, die unter Magiern üblich sind, nicht verstehen würdet.« Er sah nicht mehr böse aus, sondern besorgt. »Ich muss gestehen, hätte mich nicht die Art, wie eure Magie zusammenwirkt, so stark gefesselt, hätte ich euch schon vor diesem Zwischenfall zusammengerufen«, fuhr er fort. »Ich wusste natürlich, dass es andere Gelegenheiten gab,

wo ihr Unterhaltungen, die nicht für eure Ohren bestimmt waren, belauscht habt.«

Tris starrte schuldbewusst auf ihren Schoß.

»Magie ist kein Spielzeug«, fuhr Niko fort. »Sie ist etwas sehr Wertvolles. Sie darf nicht dazu benutzt werden, andere auszutricksen. Ich glaube, bevor wir zu dieser Reise aufbrachen, war mir gar nicht klar, wie oft ihr Kinder Magie benutzt, wenn es doch genauso einfach wäre, die Dinge lediglich mit dem Einsatz eures Körpers zu tun. Ihr seid so stark, aber ihr habt niemals gelernt, dass ihr mit Magie nicht so sorglos umgehen könnt, als ob ihr mit Wasser spritzt. Es wird ein Tag kommen, an dem ihr jedes Quäntchen eurer Magie brauchen werdet.«

Er strich sich das Haar aus dem Gesicht. »Von diesem Augenblick an darf keiner von euch Magie einsetzen, ohne dass einer eurer Lehrer euch dabei beobachtet. Das ist mein Ernst. Wenn ich erfahre, dass einer von euch ohne Aufsicht Magie angewandt hat, wird es euch Leid tun.«

Er sah sie alle nacheinander an. Keiner von ihnen blickte ihm in die Augen. »Dieser verschwenderische Umgang mit Magie wird aufhören, und zwar sofort. Und jetzt geht zu Bett.«

4

Der Hufschmied des Schlosses lieh Daja am nächsten Tag gerne seine fahrbare Schmiede. Daja hätte nichts dagegen gehabt, für ihn Hufeisen zu schmieden, doch der Hufschmied hatte bereits einen Lehrling und seine Schmiede war sehr klein. Stattdessen brachte Eisenbart Daja in einem wenig benutzten kleinen Hof zwischen dem Schlossverlies und der äußersten Mauer unter. Als Briar, Tris und Sandri Körbe voll Kohle brachten, die aus den Vorräten des Hufschmieds stammten, gab Eisenbart Daja ein Bündel Eisenstangen und bat sie Nägel herzustellen.

Den eisernen Rebstock lehnte sie an die Mauer neben ihren Stab. Er hatte über Nacht eine Menge Blätter bekommen, doch die Stangen, die seinen Stamm formten, wurden dünner und dünner. Kleiner Bär rollte sich neben ihm für ein Schläfchen zusammen. Kreisch verschlang ein Stück Weißbrot und ein paar Insekten, dann ließ er sich auf einem der Zweige des Rebstocks nieder und plauderte mit den einheimischen Staren, die vorbeikamen.

Als Briar seinen Korb mit Kohle neben den anderen abstellte, seufzte er erleichtert auf. Er betrachtete den Rebstock und sagte: »Du solltest ihn in metallhaltige Erde pflanzen, wenn er weiterwachsen soll. Er muss von irgendwoher neues Metall bekommen.«

»Alles, was ich will, ist jeden Kupfermond aus der Zehnten Karawane Idaram herauszuholen, den ich herausholen kann«, erwiderte Daja. Sie nahm eine erhitzte Eisenstange aus dem Feuer und steckte sie in den Kopfmacher. »Danach kann er meinetwegen eingehen.« Sie drehte heftig und brach die Eisenstange ab.

»Das ist nicht sehr nett, oder?«, meinte Briar zum Rebstock und fuhr mit den Händen über seinen Stamm. »Sie weiß überhaupt nicht zu schätzen, welche Schönheit du bist. Sie ist daran gewöhnt, dass Eisen tot ist.«

»Eisen ist nicht tot!«, protestierte Daja. Ein Schlag des Hammers gab dem Nagel einen Kopf; ein weiterer leichter Schlag schickte das fertige Stück in den Wassereimer. »Es ist nur nicht das Gleiche wie eine Pflanze!«

Beim Klang von unbeholfenen Schritten drehten die vier Kinder sich um. Es war die Händlerin Polyam, die durch den Torbogen kam, der vom Haupthof herführte. Allen blieb der Mund offen stehen. Am Scheitel war ihr Haar in einem grellen Gelb gefärbt und die Färbung endete in einem auffallenden Zeichen auf ihrer Stirn. Ihr gutes Auge war mit der gleichen Farbe umrahmt, genau wie ihr Mund, ihre Nasenlöcher und beide Ohren. Um ihren Hals, ihre Handgelenke und Knöchel hingen Kettchen mit kleinen hölzernen Amuletten. Jedes Amulett war mit einem eigenartigen Muster in Hellgelb bemalt. Ein gelbes Band war um die Spitze ihres Stabes geschlungen, ein weiteres wand sich um ein Hosenbein bis zu ihrem Holzbein. Sogar ihre Zehen- und Fingernägel waren gelb gefärbt. Die Farbe schien zu glühen, selbst auf ihrem vernarbten Gesicht.

»Was ist denn mit Euch passiert?«, fragte Briar.

»Händler Koma beschütze mich«, flüsterte Daja und vergaß völlig, dass sie gerade eine glühende Eisenstange in Händen hielt. »Ihr seid qunsuanen.« Sie hatte von dieser besonderen Qunsua-Zeremonie gehört. Niemals zuvor jedoch hatte sie jemanden gesehen, der qunsuanen war.

»Wie wird denn dieser Gelbton genannt?«, fragte Sandri interessiert. »Er ist so lebhaft.«

Polyam starrte sie für einen Augenblick an, als könne sie gar nicht glauben, was das Mädchen gefragt hatte, dann verzog sie das Gesicht. »Ich nenne ihn gelb.« Sie blickte Daja geradewegs in die Augen. »Bist du jetzt zufrieden?«, fragte sie. »Ich kann jetzt mit dir reden. Ich kann sogar mit dir handeln. Und ich werde niemals genug Zokin erwerben, um dies aus den Büchern der Karawane auszulöschen.«

»Ich verstehe das nicht«, sagte Briar. »Was ist dieses kun-su und was ist Zokin?«

Polyam blickte zur Seite. Offensichtlich hatte sie nicht vor etwas zu erklären.

»Von dem Kun-su-Ding habe ich auch nie gehört«, bemerkte Sandri, »aber Zokin ist das Guthaben, das in den Büchern aufgelistet wird. Pirisi – meine alte Kinderfrau – war eine Händlerin«, erklärte sie Polyam. »Pirisi sagte, es gäbe zwei Arten von Zokin, nämlich deine eigentlichen Ersparnisse in Münzen oder dein Teil am Gewinn des Schiffes –«

»Oder der Karawane«, warf Daja ein.
Sandri grinste sie an. »Oder am Gewinn der Karawane. Die andere Art von Zokin ist, na ja, Ehre oder persönlicher Wert. Ist das die Art, die Ihr meint?«
Polyam starrte sie an. »Es ist nicht richtig, dass ein Kaq so viel über unsere Sitten weiß.«
»Sie ist kein Kaq«, sagte Daja kühl und starrte Polyam an. »Sie ist Saati.« Das Wort bedeutete: ein Freund, der nicht zu den Händlern gehört, der einem jedoch so lieb wie die eignen Familie ist. »Und das gilt auch für Briar und Tris – und unsere Lehrer.«
»Was qunsuanen betrifft – kwun-su-ahnen«, wiederholte Daja langsam für ihre Freunde, »es bedeutet, ich weiß nicht, wie ich sagen soll, dass sie gereinigt wurde. Die Farbe und die Amulette dienen dazu, mein Trangshi-Pech daran zu hindern, auf sie überzuspringen. Wenn sie weiterziehen, muss sie der Karawane zehn Tage lang folgen und sich in jedem Strom, Teich oder Fluss waschen, an dem sie vorbeikommen. Die Mimander werden für sie beten und die rituellen Reinigungen vornehmen . . .«
»Wie sie es gestern Abend getan haben«, fuhr Polyam sie an. Sie humpelte hinüber zum eisernen Rebstock, um ihn genauer zu betrachten. »Also lass uns verhandeln und es hinter uns bringen. Einen Goldmaja und zwei Goldsterne, nimm es oder lass es sein, Trangshi.«
Das Wort war wie ein Schlag ins Gesicht. Man sollte meinen, qunsuanen zu sein würde sie milder stimmen, dachte Daja, atemlos vor Wut.

Flammen züngelten aus dem Schmiedefeuer auf und formten eine riesige Säule.
»Tris!«, schrien Briar, Sandri und Daja gleichzeitig. Kreisch, der sich gerade putzte, stieß einige ohrenbetäubende Pfiffe aus.
Tris schloss ihre Augen und holte tief Luft. Das Feuer sank auf seine vorherige Höhe. Daja ging hinüber, um zu sehen, wie ihre Eisenstangen diese Extrahitze verkraftet hatten. Sie waren unbrauchbar geworden – wenn sie daraus Nägel machte, würden sie beim ersten Hammerschlag brechen.
»Wir mögen vielleicht Kaqs sein, aber wir haben zumindest Manieren«, fuhr Tris Polyam an.
»Ich bin ein Wirok«, erwiderte Polyam und erwiderte den wütenden Blick. »Alles, was ich tue, ist Geld unter Lugsha auszugeben – das heißt Handwerker . . .«
»Ich weiß, was das heißt«, erwiderte Tris.
»Und Kaqs«, schloss Polyam. »Ich brauche keine Manieren, nur Autorität.«
Daja starrte Polyam an. Es war dumm von ihr gewesen zu glauben, etwas würde sich ändern, wenn sie von Angesicht zu Angesicht mit einem Händler sprach. Es war dumm zu denken, ihre Verbannung aus der Welt, in der sie die meiste Zeit ihres Lebens verbracht hatte, würde weniger schmerzen, wenn sie wenigstens für ein oder zwei Stunden vorgeben könnte eine Händlerin zu sein.
Sie wollte Polyam gerade sagen, sie solle den eisernen Rebstock nehmen und ihr Geld behalten, als Sandri sich erhob, ihr hochmütigstes Lächeln aufsetzte und ihre Röcke aus-

schüttelte. Sie sagte: »Zusammen mit den Manieren, die Ihr einer anderen Händlerin gegenüber . . .«
»Trangshi«, zischte Polyam.
Sandri ignorierte die Unterbrechung. ». . . zeigen solltet, habt Ihr die Sitten vergessen«, fuhr sie fort. »Ich sehe nichts, was es möglich machen würde zu handeln. Wo sind Essen und Tee? Ich bin sicher, Daja wird verstehen, dass es keine Musikanten geben kann, wenn man unsere Umgebung in Betracht zieht. Wenn wir in Sommersee wären, würdet Ihr natürlich mindestens einen Flötisten und einen Lautenspieler brauchen.«
»Kissen«, warf Briar plötzlich interessiert ein. »Man braucht anständige Kissen, um darauf zu sitzen. Und einen von diesen kleinen Holztischen.«
Selbst Tris lächelte jetzt. »Ein Geschenk irgendeiner Art, als ein Zeichen des Respekts«, fügte sie hinzu. »Bei mir zu Hause in Capchen war es so, dass das Geschenk umso größer sein musste, je wichtiger der Handelsgegenstand war.«
Polyam blickte Daja an. Diese war genauso überrascht wie die Frau, doch sie verbarg das sofort mit einem gleichgültigen Schulterzucken. In diesem Augenblick, dachte Daja gerührt, wäre sie liebend gern für jeden ihrer drei Freunde gestorben, die ihr so ganz selbstverständlich den Rücken stärkten.
»Wirklich schade, dass Ihr Euch ganz umsonst so gelb gemacht habt«, meinte Briar, als Daja neue Eisenstäbe ins Feuer legte.
»Kommt wieder, wenn Ihr bereit seid ernsthaft zu verhan-

deln«, erklärte Sandri der Händlerin und blickte sie dabei selbstbewusst an.
Eines Tages muss ich mir mal von Sandri zeigen lassen, wie das geht, dachte Daja, die die Unsicherheit in Polyams Gesicht sah.
Ohne ein weiteres Wort drehte Polyam sich um und verließ den kleinen Hof. Sandri sah Daja stirnrunzelnd an. »Lass dich von diesen Leuten nicht so behandeln«, befahl sie streng. »Wenn sie dich jetzt herumschubsen und demütigen, werden sie das immer tun.«
»Und sie werden versuchen dich zu betrügen, wenn sie den Handel abschließen«, fügte Tris hinzu, die immer noch durch und durch Kaufmannstochter war.
»Wenn du dich von uns nicht herumschubsen lässt, dann lass es dir von denen auch nicht gefallen«, fügte Briar hinzu und übte einen Handstand.
Daja seufzte. »Ich weiß nicht, was mich mehr durcheinander bringt«, sagte sie schließlich. »Ihr oder sie.«
»Unsinn«, erwiderte Tris. »Was wir sagen, klingt doch vernünftig.«
»Das ist es ja, was mich durcheinander bringt«, sagte Daja.
»Hierher«, sagte Rosendorn zu einem Bediensteten. Sie betrat den Hof mit einem Korb voller spitzer, stacheliger Blätter. Hinter ihr kamen Schlossbedienstete mit den verschiedensten Töpfen, Schüsseln, Messern, Schöpflöffeln und einem tragbaren Herd. Lakaien, die einen langen Arbeitstisch trugen, bildeten das Schlusslicht.
Briar verzog das Gesicht. »Ohhh, Rosendorn«, stöhnte er.

Der Tisch wurde auf das Kopfsteinpflaster gestellt. Eine größere Anzahl gleich aussehender blauer Tonkrüge wurde aus Körben geholt, acht im Ganzen, und alle waren mit Wachs versiegelt.

»Jammere nicht«, sagte Rosendorn und stellte den Korb mit den Blättern neben den Tisch. »Nach dem, was gestern passiert ist, will ich dich nicht mehr in der Nähe der Krokusse haben, aber du kannst dich trotzdem nützlich machen. Diese Krüge«, sie deutete darauf, »enthalten die gleiche Aloe-und-Öl-Mischung, die wir zu Hause hergestellt haben. Ich möchte, dass du jetzt Brandsalbe herstellst. Du hast Wachs . . .« , sie klopfte auf einen Stoß von in Papier eingewickelten Wachsplatten, »und hier ist das Seihtuch, um die Flüssigkeit auszupressen, und hier sind Töpfe zum Erhitzen. Gleich wird noch jemand kommen und Gefäße für die Salbe bringen. Du kennst die Anteile von Wachs zu Öl . . .«

»Ich kenne sie«, erwiderte Briar und seufzte. »Nach der Schlacht gegen die Piraten haben wir so viel von dieser Brandsalbe hergestellt, dass ich davon geträumt habe.« Seine Hände brachen eifrig die Siegel auf den blauen Krügen auf und straften so sein düsteres Gesicht, die niedergeschlagen klingende Stimme und die hängenden Schultern Lügen.

»Bevor du anfängst, zeige bitte Tris, wie man die Aloeblätter zerschneidet. Du wirst einen neuen Sud ansetzen, während du die Salbe anfertigst.«

»Urdas Schoß!«, rief Briar aus. »Wie viel wollt Ihr denn? Genug, um darin zu ertrinken?«

Rosendorns Blick war streng. »Man hat mir gesagt, dass du mich gestern Abend belauscht hast.« Briar grinste verlegen. »Dann weißt du ja, womit ich rechne«, fuhr sie fort und um ihren Mund spielte ein kleines Lächeln. »Sieh es mal so – vielleicht wird es gar kein Feuer geben, wenn du dir die Mühe mit der Salbe machst. Und jetzt an die Arbeit.« Mit einem kurzen Gruß verabschiedete sie sich. Auf dem Weg durch den Torbogen kam sie an einem Dienstboten mit einer Schubkarre voller Töpfchen vorbei.

»Was ist, wenn ich keine Aloeblätter schneiden will?«, fragte Tris leise.

Rosendorns Stimme kam durch den Torbogen zurück: »Willst du wirklich wissen, ob mich das interessiert?«

»Eigentlich nicht«, murrte Tris. Sie drückte leicht auf den Blasebalg, damit Dajas Feuer weiterbrannte. Dann nahm sie ein Messer in die Hand und fragte Briar: »Wie soll ich das denn nun machen?«

Sie hatte gerade angefangen Stücke des grünen Fleisches aus dem Herzen jedes Blattes zu schneiden, als Lerche kam. Sie trug einen Korb unter einem Arm. In der anderen Hand hielt sie schmale Holzstöckchen. Sandri eilte zu ihr, um ihr den Korb abzunehmen.

»Wenn ihr mit eurer Magie arbeiten wollt, könnt ihr das jetzt tun«, erklärte Lerche den Kindern.

Jeder machte sich an seine Aufgabe und nur ab und zu fielen ein paar Worte.

Die erste Unterbrechung kam von einem Außenstehenden. »Geweihte Lerchenfroh, ganz sicher ist dies nicht die angemessene Arbeit für die Hochwohlgeborene Sandrilene.« Yarrun Feuerzähmer stand im Torbogen, ein unfreundliches Lächeln auf den Lippen. Sein Blick war auf Sandri gerichtet, die auf ihren Knien zwischen drei Stecken hin- und herrutschte, die sie und Lerche in die Erde getrieben hatten. Während sie von Stock zu Stock rutschte, entrollte sie einen kräftigen Faden von einem Seidenballen. Zuerst schlang sie ihn in einer Acht um die beiden Stäbe, die am nächsten beieinander standen. Dann zog sie ihn straff um den am weitesten entfernten Stab. Hin und her rutschte sie, mit hochgeschlagenen Röcken und auf Knien. Ihre Schuhe und Strümpfe lagen unter Briars Arbeitstisch.

»Ihr wärt überrascht, welche Arbeit ich sonst so leiste, Meister Feuerzähmer«, erwiderte Sandri grimmig.

»Meine Liebe, Ihr seid eine fa Toren.« Er verzog den Mund und seine verfärbten Zähne wurden sichtbar. »Ihr solltet bei feiner Nadelarbeit sein, nicht beim Weben!«

Lerche, die gerade damit beschäftigt war, beide Enden eines breiten Stoffbandes zusammenzunähen, blickte Yarrun an. »Ihr sagt das so, als sei es ein schmutziges Wort, Meister Feuerzähmer. Aber wenn mich nicht alles täuscht, ist die feine Robe, die Ihr tragt, gewebt, wie auch alles andere, was Ihr tragt, außer euren Schuhen.«

Yarrun strich sich über das Gewand – blaue, schimmernde Seide mit vielfarbiger Stickerei an den Säumen – und hielt dann inne. Sein Blick wanderte von ihr zu Briar und Tris. Für einen langen Augenblick starrte er nur und seine fahlen Wangen wurden fleckig rot. Briar drückte das Öl aus den

Aloestücken. Seine ganze Aufmerksamkeit war auf diese Aufgabe gerichtet, während er vorsichtig den Inhalt eines Krugs auf ein Stück Seihtuch goss, das über einen Topf gespannt war.

Tris bemerkte Yarruns Blick und sah ihn gereizt an. »Möchtet Ihr vielleicht etwas?«, wollte sie wissen.

»Das gibt genug Brandsalbe für eine ganze Armee!«, brach es aus ihm heraus.

Briar stellte seinen Krug ab und schlang das Seihtuch um die Aloeklumpen, um auch noch den letzten Tropfen Öl herauszudrücken. Erst als er damit fertig war, blickte er den Magier an. »Geweihte Rosendorn ist der Meinung, dass man die Salbe noch brauchen wird.« Seine graugrünen Augen funkelten vor Übermut. »Ich habe gelernt, dass Rosendorn fast immer Recht hat.«

»Ich bin sicher, deine Erfahrung reicht weit zurück, Junge – ich hingegen, mit dreißig Jahren Erfahrung als Magier und zehn Jahren Studium, kann wohl kaum hoffen sie jemals zu erreichen.« Yarruns Stimme zitterte vor Wut. »Du und deine Lehrerin! Ihr verschwendet eure Zeit!« Er stolzierte aus dem Hof.

»Die Leute hier haben ja eine ganz schön hohe Meinung von sich«, murmelte Daja.

»Keine Sorge, wir bringen das schon in Ordnung«, bemerkte Briar trocken.

»Rosendorn ist durchaus in der Lage sich um sich selbst zu kümmern«, erinnerte Lerche sie. »Sandri, warte! Du windest den Faden zu straff.« Sie ging zu dem Mädchen hinüber und erklärte, dass die Stöcke, um die Sandri ihren Faden wand, sich nach innen bogen, wenn sie zu stramm zog. Sandri nickte, dann nahm sie einen Holzhammer und klopfte die Stöcke wieder gerade.

Daja ging zum Blasebalg und pumpte kurz, während sie zusah, wie die Flammen hoch aufflackerten. Sie schlangen sich umeinander und formten einen geraden Stamm, dann breiteten sich Äste nach jeder Seite aus, genau wie es am Tag vorher beim eisernen Rebstock gewesen war.

Sie riefen sie. Daja griff tief hinunter, fast in das Kohlebecken, und fasste eine bläuliche Kernflamme mit ihrem rechten Daumen und Zeigefinger. Langsam zog sie die Flamme heraus, als ob sie dünnen Draht ziehen würde. Sie begann ungefähr eine Hand breit über den Ästen und zog die blaue Flamme durch die orangefarbenen Zweige. Es war das Muster, das Sandri den Sommer über hunderte von Malen gewebt hatte, das Muster, das Daja benutzt hatte, um ein Drahtgitter zu machen. Sie erreichte den äußersten Ast auf der linken Seite, dann webte sie in die andere Richtung. Sie fühlte sich innerlich ruhig, so friedlich wie ein ruhiges Meer. Das Blau der Flammen mischte sich mit dem Orange, und wo sie sich trafen, entstand ein kleiner blauer Punkt, so groß wie das Herz einer Kerzenflamme.

Hin und her zog Daja ihren blauen Feuerfaden und schob ihn sanft durch die orangefarbenen Streifen. Schließlich konnte sie nicht mehr weitermachen. Sie fühlte sich ein bisschen komisch, luftig leicht im Kopf, mit heißen, trockenen Augen. Anders als ihr Feuergitter vom Vortag war dies hier viel enger gewoben, mit Löchern, die weniger als ihr kleiner Finger breit waren. Die Helligkeit des Vierecks blendete sie fast. Daja tastete an seinem unteren Ende entlang, fasste die Ausgangsflamme und trennte sie ab. Das Feuergitter lag in ihren Händen. Aber es war viel zu heiß und gleißend hell. Mit einem Seufzer des Bedauerns legte sie es auf das Feuer.

Im selben Augenblick erlosch das Feuer. Das Gitter jedoch strahlte weiter.

»Was hast du denn gemacht?«, flüsterte Briar ehrfürchtig. Er, Lerche und die beiden anderen Mädchen drängten sich um Daja.

Wütend funkelte Daja ihn an. »Warum musst du denn ständig Fragen stellen?«

Er grinste. »Irgendwann wirst du mir vielleicht einmal eine beantworten.«

Daja gab ihm einen leichten Stoß, doch sie lächelte.

Tris beugte sich gefährlich nahe an das Feuergitter und betrachtete es mit zusammengekniffenen Augen. »Warum ist das Feuer ausgegangen?«, fragte sie. Ihre Augen tränten. »Du hast dieses Ding auf die Flamme gelegt und das Feuer ist ausgegangen. Aber warum? Wegen der Magie?«

»Feuer braucht Luft, um zu brennen«, erklärte Niko, der jetzt zum Schmiedefeuer trat.

In seiner Begleitung befand sich Yarrun Feuerzähmer. Niko warf Daja einen Blick zu. »Das Gitter scheint die Luft abgehalten zu haben.« Er streckte die Hand aus, um es zu berühren. Sofort verzog er das Gesicht und zog die Hand zurück. »Wie ist das denn entstanden?«

»Ich weiß nicht«, flüsterte Daja und hielt ihre Finger über das Viereck. Die Hitze drang in ihre Haut. »Es kommt mir so vor, als wolle das Feuer in letzter Zeit, dass ich etwas mit ihm mache. Es will, dass ich es forme. Also tu ich, was es will.«

»Und doch ist es nicht richtiges Feuer«, erklärte Niko. »Es scheint zu brennen, doch das tut es ohne Brennmaterial. Ich nehme an, es braucht nicht einmal Luft, anders als normales Feuer.« Er betrachtete das Gewebe aus zusammengekniffenen Augen und die vier Kinder wussten, dass er Dajas Schöpfung mit seiner eigenen Magie untersuchte. »Es scheint sich von Magie zu nähren.«

Yarruns Gesicht, das zuvor ganz bleich gewesen war, nahm nun eine knallrote Farbe an. »Das ... das ist das Große Quadrat von König Zuhayar dem Herrlichen. Das Große Quadrat, aber ... es kann nicht aus Feuer oder reiner Magie erschaffen werden. Tinte oder Metalle in Glas gestochen, das habe ich alles bereits gesehen, aber ...« Er schien nach Luft zu ringen. »Doch wo sind eure schützenden Kreise oder Runen? Wie könnt ihr mit Magie arbeiten, wenn es keine Runen gibt, um die Auswirkungen der Magie zu beschränken oder die erweckte Macht zu lenken? Niklaren Goldauge, ist das Eure viel gerühmte Lehre? Magie ohne Richtung und ohne Grenzen?«

Lerche packte Yarrun energisch, führte ihn zu einer Bank und drückte ihn darauf. »Reißt Euch zusammen!«, befahl sie und ihre Augen funkelten. »Und hört auf zu schreien. Ihr seht überhaupt nicht gut aus. Wann habt Ihr denn zum letzten Mal irgendeinen Heiler gesehen?«

»Ich brauche keinen Heiler!«, rief er. »Ich brauche Erklärungen! Das . . . das ist keine Magie!« Er deutete mit einer zitternden Hand auf das Schmiedefeuer. »Ich weiß nicht, was es ist, aber selbst ihr Magier vom Lebenskreis wisst, dass es eine richtige Art gibt, Dinge zu tun. Ein Großes Quadrat aus Feuer gehört nicht dazu!«

»Regt er sich immer so schnell auf?«, fragte Briar Niko, der weiterhin Dajas Schöpfung betrachtete.

»Er tut so, als ginge es bei Magie nur um Regeln«, murmelte Daja und warf Yarrun einen bösen Blick zu. Lerche hatte ihr Taschentuch nass gemacht und legte es Yarrun über die Stirn. Er lehnte sich gegen die Mauer und schloss die Augen.

»So ist das mit der Magie«, sagte Niko und strich über seinen dichten Schnurrbart. »Sie bedeutet für jeden etwas anderes. Das Feuer wollte, dass du es formst, sagst du?«

Daja nickte.

»Was ist dieses Große Quadrat?«, wollte Tris wissen.

»Es ist eine Art Talisman«, sagte Niko. »Einer, der im Allgemeinen dazu benutzt wird, Glück, Weisheit und so weiter zu beschwören.«

»Goldauge! Sieht so Euer Unterricht aus? Lasst Ihr sie experimentieren und wartet dann, dass die Götter eingreifen?«, fragte Yarrun mit schriller Stimme.

Niko drehte sich um. »Ihre Magie folgt keinen vorgeschriebenen Richtlinien oder irgendeiner Enzyklopädie der Weisheit«, antwortete er scharf. »Mein Instinkt sagt mir, dass es ihre Macht einschränken würde, wenn ich sie jetzt mit Runen, Schutzzirkeln und Zeremonien belastete.«

»Natürlich würde es sie einschränken!«, schrie Yarrun und sprang auf die Füße. Lerches Taschentuch fiel zu Boden. »Ohne geregelten Unterricht, wie sollen sie geprüft werden? Wie beurteilt werden? Selbst die Magier des Lebenskreises müssen bestimmten Anforderungen entsprechen, um den Status eines Gesellen zu erhalten und dann die Robe eines Eingeweihten!«

Lerche drückte Yarrun zurück auf die Bank, stellte sich vor ihn hin und versperrte ihm den Blick auf die Kinder und Niko. »Genug«, sagte sie entschieden zu ihm. Sie senkte die Stimme und begann auf ihn einzureden.

»Lasst euch von ihm nicht durcheinander bringen«, sagte Niko leise zu den vier Kindern. »Er ist alt und hat Angst.«

»Ihr seid so alt wie er und Ihr habt keine Angst vor uns«, meinte Briar.

Niko sah ihn mit funkelnden Augen an. »Vielen Dank auch«, erwiderte er gereizt.

»Damit wollte ich gar nichts Bestimmtes sagen«, protestierte Briar. »Nichts Schlimmes jedenfalls.«

Yarrun stemmte sich auf seine Füße, stieß Lerche beiseite und stapfte zu Niko hinüber. »Diese Geschichten, die ich die letzten Monate über Sommersee gehört habe, sind also wahr!«, rief er aus. »Wenn diese vier Kinder so außer Kontrolle geraten können, bin ich nicht im Mindesten überrascht zu hören, dass sie ein Erdbeben verursacht haben!«

»Das ist nicht wahr!«, rief Sandri und ballte die Hände zu Fäusten.

Yarrun sah sie mit gerunzelter Stirn an. »Ich bezweifle, dass ihr ein richtiges Erdbeben verursacht habt – nicht ihr vier Kinder«, sagte er leicht verächtlich. »Leichtgläubige Leute haben die ganze Geschichte nur aufgeblasen. Aber ganz sicher scheint ihr nicht in der Lage zu sein . . .«

Niko eilte zu Yarrun und legte einen Arm um dessen Schultern. »Ich hatte ja keine Ahnung, dass die Geschichten, die Goldkamm erreicht haben, so dramatisch sind«, sagte er und zwang Yarrun auf diese Weise, mit ihm mitzugehen. »Lasst uns doch einen ruhigen Platz finden, wo ich Euch die Tatsachen darlegen kann.«

Dies war eines der wenigen Male, wo die Kinder sahen, dass Lerche aufgebracht war. »Beachtet ihn einfach nicht«, riet sie ihnen entschieden, sobald Niko Yarrun fortgeführt hatte. »Er denkt, die ganze Welt sollte so geregelt werden, wie er es sich vorstellt. Dem Himmel sei Dank, dass Niko von der Universität wegging, bevor sie ihn in so jemanden wie Yarrun verwandelt hatten.«

Alle gingen wieder zurück an die Arbeit, ohne viel zu reden – Yarrun hatte sie ein wenig durcheinander gebracht. Daja stellte fest, dass ihr Flammengitter als Feuer taugte, um ihre Stangen zu erhitzen, und benutzte es weiter. Briar erhitzte jetzt das Öl, um die Aloemischung herzustellen. Tris arbeitete sich durch den Korb mit den Aloeblättern, indem sie das Feuchtigkeit enthaltende Mittelteil herausschnitt. Sandri und Lerche hatten gerade die Fäden auf die verschieden langen Stöcke gespannt, die ihnen als tragbarer Webstuhl dienen würden, als die Schlossbediensteten das Mittagessen brachten.

5

Das Mittagessen unterschied sich sehr vom üppigen Mahl am Vorabend: harter Käse, kalte Wurst, Brot und Buttermilch. »Es hat gar keinen Sinn, sich bei mir zu beschweren«, erklärte einer der Diener, obwohl niemand ein Wort gesagt hatte. »Es ist das, was wir alle bekommen. Ihre Hochwohlgeborene Sandrilene würde allerdings besser speisen, wenn sie mit meiner Herrin und der anderen erlauchten Gesellschaft im kleinen Speisesaal ihr Mahl einnehmen würde.«
Sandri schüttelte den Kopf und lächelte. »Ich esse mit meinen Freunden, danke. Falls Ihre Hochwohlgeborene Inoulia nach mir fragt, sagt bitte, dass Ihr mich nicht finden konntet.«
Die Andeutung eines Lächelns umspielte die Lippen des Mannes. Er verbeugte sich vor Sandri und zog sich zurück.
»Ich hasse Buttermilch«, beschwerte sich Tris, sobald sie allein waren. »Und das Wasser hier schmeckt einfach furchtbar.«
»Das Brot ist altbacken«, fügte Daja hinzu.
»Ein Tribut an die Trockenheit«, besänftigte sie Lerche. »Die Dinge werden noch schlimmer werden, wenn sie keine Hilfe von außen bekommen.«

»Dann mach der Trockenheit ein Ende«, sagte Briar und stieß Tris an. »Wenn du es nicht kannst, wer dann?«
Sie zog ihm ein Gesicht. »Für etwas so Großes brauche ich etwas, womit ich arbeiten kann, mein lieber Besserwisser. Ich brauche Feuchtigkeit in der Erde, und es gibt keine.« Das Mädchen schauderte. »Ich fühle mich selbst schon völlig ausgetrocknet.«
»Wir sind auf unserem Weg hierher an einem See vorbeigekommen«, warf Daja ein.
»Hast du auch gesehen, wie wenig Wasser er führte? Der See hat nicht genug Wasser, um mir das zu liefern, was ich brauche, und ich würde alles töten, was darin noch am Leben ist. Nein, vielen Dank!«, sagte Tris heftig.
»Mein Onkel wird helfen, oder nicht?«, wollte Sandri wissen. »Er kann Korn nach Norden schicken und Fleisch . . .«
»Er wird tun, was er kann«, sagte Lerche. »Deshalb haben wir ja auch diese Reise gemacht. Aber die Bevölkerung von Goldkamm ist nicht die Einzige, die in Schwierigkeiten sind. Die Schatzkammer des Herzogs ist nicht unerschöpflich. Er muss den ganzen Norden Emelans unterstützen. Und die Kaufleute, die im Besitz von Fleisch und Korn sind, können es sich nicht leisten, Darlehen zu geben – sie brauchen das Geld selbst, wenn sie im Frühjahr Handelsgüter einkaufen wollen.«
»Können diese Nordländer überhaupt ein Darlehen zurückzahlen?«, fragte Tris, die sich für solche Dinge stets interessierte.
»Das könnte schwierig werden«, gab Lerche zu. »Letztes

Jahr, bevor die Trockenheit so schlimm wurde, verpfändeten sie die Safranernte und den Ertrag der Kupferminen. Dieses Jahr gab es eine schlechte Ernte.«

»Und die Minen bringen auch nicht sehr viel hervor«, sagte Daja düster. »Ich hörte einige der Männer darüber reden.«

»Das ist deprimierend«, stellte Briar fest, während er sein Mahl beendete. »Zumindest werden wir bald wieder im Verschlungenen Kreis sein. Ich hörte, wie der Herzog dieser Inoulia erklärte, er wolle zu Hause sein, bevor der Schnee fällt.«

»Es muss doch irgendetwas geben, was wir tun können.« Sandri blickte auf den Teller in ihrem Schoß. Sie hatte an seinem Inhalt kaum genippt. Briar beugte sich vor und nahm sich ihre Wurst.

»Wir sind Magier«, sagte Lerche leise. »Wir tun, was wir können, aber einige Probleme sind zu groß, als dass wir sie lösen könnten.«

»Dann wünschte ich, ich wäre keine Magierin«, erwiderte Sandri mit leiser, trotziger Stimme. »Wozu ist Magie gut, wenn man sie nicht benutzen kann, um den Menschen zu helfen?«

Nicht lange, nachdem er an die Arbeit zurückgekehrt war, verspürte Briar leichte Krämpfe. Zuerst war er erschrocken, doch dann musste er über sich selbst lachen. Wie lange war es her, dass er das letzte Mal Essen zu sich genommen hatte, das ihm nicht bekommen war? Vier Monate? Es schien ihm wie vier Jahre seit seinem Gerichtsverfahren. Seit jenem

Richterspruch in Sotat und der darauf folgenden Reise nach Norden zum Verschlungenen Kreis mit einem Fremden, der Niko genannt wurde. Nur zwei Nächte vor seiner Gerichtsverhandlung hatte er einen Teil der Nacht damit verbracht, sich über einem Graben zu krümmen, weil das Stück Ziegenfleisch, das er gestohlen und verschlungen hatte, ungefähr eine Woche alt gewesen war.

Es hatte keinen Sinn, sich zu beschweren – war er vielleicht ein Schwächling, der herumjammerte, weil das Fett in den Würsten ranzig gewesen war? Stattdessen entschuldigte er sich bei Lerche und den Mädchen und machte sich auf die Suche nach einer Toilette. Ein Waschmädchen zeigte ihm die Richtung zu einem kleinen Hof, wo eine Latrine in die äußere Mauer eingelassen war.

Als er herauskam, fand er Daja mitten im Hof auf dem Boden knien. »Was tust du denn da?«, fragte er.

»Na ja, ich wollte zur Toilette«, erwiderte sie geistesabwesend. »Ich glaube, das Fett, in dem sie die Würste gebraten haben, war ranzig.«

»Das habe ich auch gemerkt«, pflichtete er ihr seufzend bei.

»Aber dann fühlte ich diesen warmen Fleck . . .«, murmelte Daja vor sich hin.

Briar sah sie an. Sie trug Schuhe, er war barfuß. »Ich habe keinen warmen Fleck gespürt.« Er ging zu ihr und stellte einen Fuß auf das Stück Erde genau neben ihren Händen. »Es fühlt sich nicht heiß an, ehrlich.«

Sie schüttelte den Kopf, dass ihre Zöpfe flogen. »Es ist da, nur ein Stückchen weiter unten . . .«

Silbernes Licht blitzte um ihre Handflächen herum auf. Sie und Briar zuckten zusammen.

»Was ist geschehen?«, wollte der Junge wissen. Jetzt wurde die Erde unter seinen Zehen warm. »Was hast du denn gemacht?«

»Ich habe gar nichts gemacht«, protestierte Daja schwitzend. »Es ist einfach aus mir herausgesprungen!« Immer noch auf den Knien, rutschte sie ein Stück zurück. Das Erdstück zitterte. Etwas Heißes kam nach oben.

Wo sie sich gerade noch befunden hatte, bekam die Erde einen Riss. Dampf schoss heraus, eine nach Schwefel riechende Wolke, gefolgt von einem Strahl heißen Wassers. Warmer Dunst rollte durch den Hof, so schwer wie Nebel.

Eine schmale, schmutzige Hand legte sich um Dajas Handgelenk. *Komm schon!*, forderte Briar sie auf. *Lass uns abhauen, bevor jemand uns sieht!*

Daja nickte. Sobald sie sich von der Dampfwolke entfernt hatten, merkten sie, dass sie beide mit Schlammspritzern bedeckt waren.

»Wie sollten uns sauber machen«, schlug Daja vor.

Sie und Briar rannten zu den Bädern. In der äußersten Kammer am Fuß der Treppe gab es Tröge mit heißem Wasser von den Quellen für jene, die sich nur kurz waschen wollten. Beide schrubbten sie ihre Arme, Beine und Gesichter und taten dann ihr Bestes, um die Flecken auf ihrer Kleidung zu entfernen.

»Wo kam es denn her?«, fragte Briar und trocknete sein Gesicht und seine Hände an einem rauen Handtuch. »Wenn du diesen Strahl aus den Leitungen hier gezogen hast und sie dadurch beschädigt sind, sitzen wir ganz schön in der Klemme.«

»Ich weiß nicht, wo es herkam«, flüsterte Daja und behielt eine Badewärterin im Auge, die auf der anderen Seite des Raums ein Nickerchen machte. »Mit Wasser habe ich überhaupt nichts zu tun!«

»Nicht mehr, als Sandri oder ich Blitze schleudern. Aber vielleicht können wir das Rohr wieder flicken!«

Daja sah ihn gereizt an und rieb sich immer noch ihre Arme trocken, dann blickte sie zu der Wärterin hinüber. Die Frau schnarchte laut.

»Um die aufzuwecken, bräuchtest du Kesselpauken«, sagte Briar.

Wie um seine Worte zu unterstreichen, schnarchte die Frau und drehte sich auf ihrem Stuhl von ihnen weg. Jetzt lehnte sie bequem in der Ecke und sah aus, als ob sie sich nicht mehr rühren würde, bis die Glocke zum Abendessen läutete. Daja holte tief Luft und zählte bis sieben, wie sie es gelernt hatte. Briar machte es ihr nach und schloss die Augen, während er in den Rhythmus einfiel. Da war ihre Magie und seine und an bestimmten Stellen verschmolzen sie miteinander. Daja ließ ihren Geist fließen, suchte nach Hitze, wo keine sein sollte, oder nach Rissen in den glatten Fliesen, die den Boden und die Wände bedeckten. Metall war in all ihren Sinnen spürbar – die Armaturen in den Bädern, die Rohre. Sie und Briar suchten sich ihren Weg unter die Erde, bis sie das breite Becken von mit Mineralien angereichertem Wasser fanden, aus dem die Bäder gespeist wurden. Sie schwebten in der riesigen Untergrundkammer, die das Wasser für sich selbst geformt hatte.

Dort trennte Briar sich von ihr, um seine Magie über die Mauern gleiten zu lassen. Daja fühlte sich zu einer der vielen Quellen hingezogen, die das Becken speisten, und ließ sich hineinfallen. Sie erkundete die Mauern und entdeckte eine Vielzahl von winzigen Zuflüssen, die aus den Bergen kamen, von denen das Goldkammtal umgeben war.

Plötzliche Hitze – viel heißer als die der Schmiede oder der Quellen, heißer als alles, was sie in ihrem Leben gespürt hatte – umschlang sie. Sie versuchte zu rufen und kämpfte gegen diesen erbarmungslosen Griff. Vor drei Monaten hatte sie Tris' Hilfe gebraucht, um das flüssige Felsinnere weit unter dem Verschlungenen Kreis zu erreichen. Selbst damals waren sie nicht in der Lage gewesen die Lava selbst zu berühren: Tris hatte ihre Hitze nach oben gerufen, wo Daja sie benutzen konnte. Jetzt hielt das Lebensblut der Erde aus geschmolzenem Fels und Metall sie gefangen und wollte sie nicht mehr freigeben.

Sie kämpfte. Hitze strömte auf sie ein und ließ ihren Umriss glutrot werden und dann anfangen zu schmelzen.

Ein Viereck von glühendem weißen Licht tauchte plötzlich auf, legte sich um sie und zwang die Lava zurück. Das Feuergitter, das sie erst Stunden vorher gemacht hatte, rettete ihr Leben – oder zumindest ihr magisches Ich. Niko hatte Recht, dachte Daja begeistert, es scheint keinerlei Luft zu brauchen, um zu brennen!

Daja entdeckte einen Spalt im Fels über sich und schoss pfeilgerade nach oben. In dem Augenblick, in dem sie frei war, fiel das Feuergitter zusammen und wurde von der unglaublichen Hitze verschlungen.
Daja raste durch einen Spalt in der Erde. Sie hatte zu viel Angst, um anzuhalten oder Briar zu rufen. Entkommen war der einzige Gedanke, den sie hatte. Ganz sicher musste es doch einen Weg nach draußen geben in diesem Netz von Ritzen und Spalten, irgendeinen Felsschlot, der sie ins Freie bringen würde.
Sie fand ihn. Kühle überströmte sie, die Sanftheit von tiefen Schatten. Unter ihr blubberte eine weitere heiße Quelle aus mineralreichem Wasser und Schlamm. Sie war von Granitbrocken umgeben. Die Bäume ganz in der Nähe waren Pinien. Daja war also tatsächlich wieder über der Erde.
Eine ganze Weile ließ sie sich einfach nur treiben, ließ die kühle Luft durch ihr magisches Selbst fließen. Bin ich nun das Mädchen mit dem meisten Glück in Emelan oder nicht?, dachte sie. Ich wäre mit Sicherheit gebraten worden, wäre da nicht ein Ding gewesen, das ich durch Zufall heute Morgen geschaffen habe.
Falls es wirklich Zufall war, dachte sie dann. Vielleicht sind solche Vierecke ja so etwas wie – na ja – magische Schilde.
Sie gab es auf, über diese Dinge nachzudenken, und erhob sich hoch in die Luft. Überall waren Wasserbecken und Schlammlöcher. Wo war sie hingeraten? Neugierig schwebte sie einen kleinen Hügel hinauf, auf dem eine Herde von zotteligen weißen Tieren graste. Sie hielt verblüfft inne, um

sie zu betrachten. Nie zuvor hatte sie solche Wesen gesehen, obwohl sie wie sehr große Ziegen aussahen mit dünnen schwarzen Hörnern und langen Gesichtern.
Wie eine Sammlung von Großvätern, dachte Daja amüsiert.
Als sie die Hügelspitze erreicht hatte, stellte sie fest, dass sie am Rand von Klippen war. Darunter befand sich ein felsiges Tal. Ein schmaler Fluss durchschnitt es in zwei Hälften.
Kalte Luft wehte vorbei. Sie sah sich nach der Quelle um und schauderte vor Erstaunen. Weiter hinten lag ein riesiges, gezacktes Band aus Eis. Die Berge, die das Tal umgaben, begrenzten auch diesen gefrorenen Fluss.
Jetzt hörte sie noch andere Geräusche außer dem Pfeifen des Windes – ein Knarren, Stöhnen und Knacken. Es kam aus tiefen Rissen in der Oberfläche des Eisflusses, als ob das Eis sich entweder bewegte oder tausende von Bewohnern beherbergte, die herumhämmerten. Seine Tiefen schimmerten in einem kühlen Blau.
Was kann das nur sein?, fragte sie sich. Und warum macht es solchen Lärm?
Daja?, tönte es in ihren Gedanken. Briars magische Stimme war dünn und entfernt. *Wir haben keine Zeit hier herumzutanzen. Wo bist du?*
Ich habe keine Ahnung, erwiderte sie. *Ich glaube, ich habe den falschen Weg nach draußen genommen.*
Warte – ich komme zu dir, befahl Briar.
Sie blickte auf das andere Ende des Tales. Wo war das Schloss von Goldkamm? Und überhaupt – wo waren die

Bauernhöfe und Bäume? Wenn das Land hier einmal Menschen ernährt hatte, so tat es das nun nicht mehr. Unterholz wuchs an den Ufern des kleinen Flusses. Eine Herde Elche graste in der Ferne so ruhig, als wäre es mitten in der Nacht. Diese Tiere waren offensichtlich noch nie gejagt worden.

Wenn sie das Schloss nicht sehen konnte, sollte sie doch wenigstens wissen, wo Tris und Sandri waren. Briars Gegenwart konnte sie jedenfalls fühlen. Sie konzentrierte sich und suchte nach einem Zeichen der Magie der anderen beiden Mädchen.

Da war es, Meilen entfernt und verborgen hinter einem Granitkamm. Ihre Macht war ein Glühen am Horizont, das durch eine Schicht von Rauch schimmerte.

Die Grasfeuer waren näher am Schloss als am Tag zuvor.

Der alte Angeber Yarrun sollte sich lieber etwas anstrengen, dachte Daja grimmig. Ich möchte nicht unbedingt gegrillt werden wie ein Würstchen für das Mahl eines Riesen.

Wo sind wir denn?, fragte Briar, als er aus der heißen Quelle fuhr und neben ihr anhielt. *Du bist Meilen von Goldkamm entfernt!*

Ich weiß, sagte sie. *Sieh dir das an!*

Briar verschwand so schnell, dass sie schon dachte, er wäre verdunstet wie Wasser in der Sonne. Er war hinübergesprungen zu dem eisigen Band und trieb über dessen Oberfläche, nur als silberner Schimmer in ihrer magischen Sichtweise zu sehen.

Ich will dort nicht hingehen, sagte sie zu ihm. *Es ist kalt. Es wird mich nicht mögen!*

Es ist nur Eis, protestierte er.
Und Eis und Schmiede passen nicht zueinander, erwiderte sie. *Ich werde gefrieren und spröde werden und zerbrechen.*
Hast du jemals so etwas gesehen?, fragte er und seine Stimme war voller Erstaunen. Er tauchte in einen tiefblauen Spalt.
Die heißen Quellen haben mir besser gefallen. Die Kälte fraß an ihr und Daja fühlte sich träge und schwer.
Es musste etwas davon in ihrer magischen Stimme zu hören gewesen sein, denn Briar war im Nu an ihrer Seite und drängte sie hinauf. Je höher sie stieg, desto mehr Wärme bekam sie vom Fels. Als sie oben am Kamm angelangt waren, fühlte sie sich schon viel besser.
Ich habe einen Fluss dort unten gesehen, erzählte Briar. *Geschmolzenes Wasser, das durch einen langen Spalt im Eis floss. Es war wunderschön!* Als sich sein Erstaunen gelegt hatte, fragte er: *Was ist passiert? Wir sind in die heißen Quellen unter dem Schloss gelangt und plötzlich warst du verschwunden. Wir haben übrigens keine Rohre beschädigt. Das Wasser kam durch einen andern Riss im Stein. Wir sollten die Öffnung aber lieber schließen.*
Wie?, fragte Daja. *Ich weiß wirklich nicht, wie ich das machen soll. Steine bewegen, dafür ist Tris zuständig.*
Dann fragen wir sie, erwiderte Briar unnachgiebig. *Wir müssen das in Ordnung bringen und wieder an die Arbeit gehen,. bevor irgendein Neunmalkluger herausfindet, dass unsere Körper im Bad herumliegen.*
Daja fand eine Verbindung zu Tris. Während sie dahinras-

ten und den schnellsten Weg zurück zum Schloss und zu ihren Körpern nahmen, riefen sie ihre Freundin. *Tris! Tris!*

... und Glanzeisenerz, um Krankheit aus einem Körper zu ziehen ... Tris lernte gerade eine der vielen Formeln, die Niko ihr gegeben hatte, während sie arbeitete. *Weiterhin, um zu stützen und zu stabilisieren, um sich auf die körperliche Sphäre beim Kristallsehen konzentrieren zu können. Jade für Liebe ...*

Tris!, riefen Briar und Daja und legten all ihre Kraft in den Ruf.

Was ist? Ich bin beschäftigt!, rief Tris.

Um keine Zeit zu verschwenden, indem sie ihr erklärten, was geschehen war, zeigten Daja und Briar ihr Bilder von dem Spalt im Boden und von dem Wasserstrahl, der daraus emporschoss. Tris brauchte einen Augenblick, um zu begreifen, was sie wollten. *Ich werde es in Ordnung bringen*, antwortete sie dann brummig. *Und ihr solltet lieber hoffen, dass Niko es nicht erfährt.*

Das wird er schon nicht, wenn du aufhörst zu schwatzen und dich an die Arbeit machst, erwiderte Briar, während er und Daja in ihre Körperhüllen fielen.

Sie streckten ihre Glieder, die ganz steif geworden waren. Da spürten sie Tris ganz in der Nähe in der Erde. Sie grummelte wie eine verärgerte Hausfrau. Als die beiden schließlich aus dem Bad kamen, hatte Tris bereits die blubbernde Kraft der heißen Quellen benutzt, um den Spalt abzublocken, den Daja geöffnet hatte.

»Ich denke, es ist besser, wenn wir uns umziehen«, meinte

Briar mit einem Seufzer. »Wenn Lerche uns so sieht, glaubt sie vielleicht, wir seien in einen Kampf verwickelt worden oder so was.«

Daja stimmte ihm zu. Alles, was sie versucht hatten, um den Schlamm aus ihrer Kleidung zu bekommen, hatte nur größere Flecken verursacht. Sie folgte Briar zu ihren Zimmern, wo sie saubere Kleidung anzogen. Auf dem Rückweg spähten sie in den Hof, wo Dajas Macht ihr entwischt war. Tris hatte alles wieder in Ordnung gebracht. Das einzige Anzeichen dafür, dass heißes Wasser aus dem Boden gekommen war, war durchnässte Erde und mit Wasser besprenkelter Stein.

6

»Da seid ihr ja«, rief Lerche aus und erhob sich, als Briar und Daja zurückkamen. In ihren Augen stand ein Ausdruck der Erleichterung.

Daja blinzelte einige Male: Sie begriff sofort, warum Lerche so froh war sie zu sehen. Im Hof hatte jemand zwei Stöße Kissen auf eine Decke gelegt. Zwischen den Kissen befand sich ein niedriger hölzerner Tisch, auf dem verschiedene zugedeckte Schüsseln standen sowie ein Tonkrug und eine Teekanne. Kleiner Bär lag davor, die Schnauze auf den Vorderpfoten, die Nasenspitze kurz vor der Decke, die Augen auf die Schüsseln gerichtet.

Daneben wartete Polyam. Mit einer knappen Verbeugung deutete die Händlerin auf die Kissen und sagte: »Es ist ein guter Tag für eine Unterhaltung.« Diese Worte waren seit Jahrhunderten ein fester Brauch in allen Ländern um das Achatmeer. Sie bedeuteten, dass derjenige, der sie aussprach, ernsthaft Geschäfte machen wollte.

Daja ging auf Polyam zu und kam dabei an dem Schmiedefeuer vorbei. Ein rascher Blick zeigte ihr, dass das weiße Feuergitter verschwunden war.

»Ich bitte dich dieses Angebinde anzunehmen«, sagte Poly-

am und zeigte auf eine ziselierte Schale von etwa einem Fuß Durchmesser. Daja hob sie auf. Das Kupfer hatte einen besonders schönen rötlichen Ton und der breite Rand war mit geschwungenen Bögen verziert. In der Mitte war eine Abbildung von Pferden und Reitern in vollem Galopp. Es war ein schönes Stück und das Metall fühlte sich in ihren Händen gut an. »Es ist nur ein Zeichen der Anerkennung«, erklärte Polyam und auch diese Worte entsprachen der Händlersitte. »Um meinen Respekt für deine Arbeit zu zeigen.«
Daja drehte die Schale um und suchte nach dem Zeichen des Künstlers. Es befand sich in der Lende eines Pferdes und war kein Zeichen eines Schmiedes, den sie kannte. »Das ist Goldkammkupfer«, murmelte sie. Während der Reise nach Norden hatte sie jede Gelegenheit genutzt, um die örtliche Metallverarbeitung kennen zu lernen.
»Ich habe sie hier erstanden«, erwiderte Polyam. »Wir kommen beinahe alle zwei Jahre in das Tal.«
Damals muss es dir besser ergangen sein, wenn du dir das leisten konntest, dachte Daja. Die Schale war mindestens zwei Silbersterne wert, viel Geld für einen Wirok. »Ich kann doch nichts von Euren Dingen nehmen.«
Polyam schüttelte den Kopf. »Der Handel, den ich mit dir zu machen hoffe, ist wichtiger.«
Daja fuhr mit den Fingern über die Ziselierung. Das Kupfer sang in ihr, während sie Polyam unverwandt ansah. Schließlich stellte sie die Schale neben den eisernen Rebstock. Sie holte ihren Stab, legte ihn auf die Decke und setzte sich daneben, einen Stoß Kissen im Rücken.

Polyam setzte sich. Auch sie legte ihren Stab neben sich. Dann goss sie vorsichtig Tee in kleine Tassen. Tassen, aus denen man beim Handeln trank, sollten eigentlich aus edlem Material sein; dieses Paar hatte jedoch bessere Tage gesehen. Daja entschloss sich das zu übersehen. Sie hatte das Gefühl, dass Polyam gezwungen gewesen war ihre eigenen Besitztümer zu benutzen – niemand wollte, dass die Dinge der Karawane, die zum Handeln bestimmt waren, von einer Trangshi benutzt wurden.
Polyam hob ihre Tasse und sagte zu Daja: »Auf den Handel.«
Daja tat es ihr nach. »Auf den Handel.« Sie nahm einen Schluck wie ihre Gastgeberin und hätte vor Vergnügen fast aufgeseufzt. Das war echter Händlertee, heiß, stark, mit Rauchgeschmack. Seit ihrer letzten Nacht an Bord des Dritten Schiffes Kisubo hatte sie nichts Vergleichbares getrunken.
Polyam lächelte. »Für Gespräche braucht man Essen oder die Sprecher werden geschwächt.« Sie nahm die Deckel vom Geschirr und legte sie zur Seite. Die Schüsseln waren beladen mit gefüllten Weinblättern, Zwiebeln, Knoblauch und Pfefferminze, winzigen eingelegten Zwiebeln, Pasteten, gefüllt mit Hühnchen oder Ei und Gewürzen, Aprikosen, gefüllt mit Mandel-Rosenwasser-Pastete, und kleinen Fruchttörtchen. Und nicht zuletzt gab es Mandel- und Orangenkuchen. Das war eine traditionelle Händlermahlzeit, in Karawanen wie auf Schiffen, und Daja hatte so etwas seit Monaten nicht mehr gegessen.

Sie blickte auf ihre Knie und biss sich auf die Unterlippe, bis sie ihren Drang zu weinen unterdrückt hatte. Wenn Polyam bei ihr Gefühle sah, würde sie wissen, dass das Essen der Händler Dajas schwacher Punkt war, und sie hätte einen Vorteil beim Handel. Schließlich nahm Daja die leicht fadenscheinige Leinenserviette auf und legte sie über ihre gekreuzten Beine. »Das ist wirklich zu viel«, sagte sie, wie die Sitten es vorschrieben.

»Oh nein«, erwiderte Polyam förmlich. »Ich weiß, es ist nur eine Kleinigkeit, aber die Schwester meiner Mutter wäre zutiefst beschämt, würde ich dies unverzehrt zurückbringen.«

Daja nahm sich von jedem etwas und legte es auf ihren Teller. Dann nahm sich auch Polyam etwas von dem Essen. Andächtig steckte sich Daja eine kleine eingelegte Zwiebel in den Mund und genoss den sauren Geschmack.

Kleiner Bär winselte. Daja blickte zu ihm. Er lag immer noch in der gleichen Stellung am Rand der Decke, wedelte jedoch mit dem Schwanz. Er winselte wieder.

Etwas ließ sie an ihm vorbeiblicken. Briar und Tris betrachteten sie mit fast dem gleichen Gesichtsausdruck wie der Hund. Sandri war zu wohlerzogen, um beim Starren ertappt zu werden. Lerche war bei ihnen und half Sandri bei den Stöcken und Fäden des neuen beweglichen Webstuhls.

Daja blickte wieder zu Briar und Tris und ihr Gesicht zuckte. Polyam drehte sich um, damit sie sehen konnte, was vorging. Tris schnitt heftig an ihren Aloeblättern herum, während Briar kochenden Seetang umrührte.

»Es wären Kaq-Manieren, nicht zu teilen«, stieß Polyam hervor. »Wollt ihr uns Gesellschaft leisten?«, lud sie die anderen ein. Briar ließ sich das nicht zweimal sagen. Kleiner Bär kroch näher und klopfte aufgeregt mit dem Schwanz.

»Das ist äußerst liebenswürdig von Euch«, sagte Lerche, als sie und Tris sich zu ihnen gesellten. Sandri kam, sobald sie den Webstuhl zusammengelegt hatte.

»Die Händler, die ich kenne, haben nie geteilt«, gestand Briar, der den Mund bereits voll Gebäck hatte. »Aber sie ließen uns zusehen.«

»Sagen wir, ich habe etwas für Hunde übrig«, erwiderte Polyam und kraulte Kleiner Bär hinter den Ohren. »Und für Kinder.«

»Die Schwester Eurer Mutter muss genug Zokin für die nächsten Generationen in Oti Buchhalters Hauptbuch haben, wenn sie so kocht«, sagte Daja. »Selbst das Oberhaupt unserer Familie kochte nicht so gut.«

»Die Vorsteherin deiner Sippe musste kochen?«, wollte Tris wissen. »Warum hat sie das denn nicht jemand anderen machen lassen?«

»Händler schätzen die Kochkunst so hoch wie die Fähigkeit, gute Preise auszuhandeln«, erklärte Lerche. »Deshalb schließt das offizielle Handeln auch Essensgeschenke mit ein, nicht wahr, Polyam? Die Menschen sind weniger vorsichtig, wenn sie gut gegessen haben.«

Polyam verzog das Gesicht. »Es ist nicht richtig, dass ein Kaq so viel über die Art der Tsaw'ha weiß«, murrte sie. Zu Daja fügte sie hinzu: »Oder hast du sie unsere Bräuche gelehrt?«

»Ich habe eure Sitten von anderen Händlern gelernt, als ich noch ein junges Ding war«, erklärte Lerche.
»Sie war eine Akrobatin«, sagte Daja zu Polyam.
»Und eine Tänzerin«, fügte Sandri hinzu.
»Und sie sammelte mit ihrem Tamburin nach dem Auftritt Münzen ein«, ergänzte Tris.
»Ich lernte das, was ich über die Gebräuche der Händler weiß, als ich mit meinen Eltern und meiner Kinderfrau reiste«, erklärte Sandri.
»Und wo sind sie jetzt, deine Eltern?«, wollte Polyam wissen und ihr Auge funkelte vor Neugier. »Wären sie erfreut zu sehen, wie sich ihr Kind mit einfachen Leuten gemein macht?«
»Sie sind tot«, antwortete Sandri geradeheraus und fuhr mit dem Finger die Stickerei eines Kissens nach. »Beide sind letzten Herbst bei der Pockenepidemie in Hatar gestorben.«
»Wenn die Götter die Bücher ausgleichen, weinen die Sterblichen«, sagte Polyam ernst. »Es tut mir Leid um deinen Verlust.«
Sandri blickte sie an, ihr kleines rundes Kinn war trotzig vorgeschoben. »Und mein Onkel mag meine Freunde. Und der Staub macht ihm auch nichts aus.«
»Und die Götter wissen, wir haben in den letzten Wochen wahrhaftig genug Staub geschluckt«, murrte Tris.
»Was ist mit dir, Junge?«, fragte Polyam Briar. »Wo hast du Tsaw'ha kennen gelernt?«
»In Hajra, in Sotat«, antwortete Briar und nahm sich ein gefülltes Weinblatt.

»Seht mich nicht so an«, sagte Tris schnell. »Meine Familie blieb immer unter sich bei den Kaufleuten.«
»Ihr lebt alle im gleichen Haus, in einer Tempelstadt des Lebenskreises?«, forschte die Händlerin weiter.
Die vier nickten.
»Und ihr seid alle Xurdin?«, fragte sie.
»Niko entdeckte uns«, erklärte Sandri. »Niklaren Goldauge. Daja hatte Schiffbruch erlitten und Niko fand sie; ich hatte mich vor einer aufgebrachten Menge in einem Keller in Hatar versteckt. Briar war verurteilt zur Arbeit in . . .« Sie blinzelte und versuchte sich an das einstige Schicksal ihres Freundes zu erinnern.
»Auf der Schiffswerft«, ergänzte er. Als Polyam ihn ansah, zeigte er ihr das eintätowierte X auf seinen Händen. »Bin dreimal beim Stehlen erwischt worden – aber keine Sorge. Jeder, der Tsaw'ha« – er sagte das Wort mit einem spöttischen Grinsen – ». . . Dinge klaut, bekommt schlechte Magie mitgeliefert.«
»Und Tris lebte in einem anderen Tempel des Lebenskreises, bevor sie zu uns kam«, schloss Sandri. Sie fügte nicht hinzu, dass Tris' Familie sie weggeschickt hatte, weil sie Angst vor ihr gehabt hatten. Selbst jetzt noch hasste Tris es, daran erinnert zu werden. »Niko sah unsere Magie, die niemand sonst erkannt hatte, und brachte uns zu Lerchenfroh und Rosendorn . . .«
»Und Eisenbart«, unterbrach Daja.
Sandri strahlte sie an. »Ich hätte ihn nicht vergessen. Wie könnte ich? Sie haben solche Magie wie wir«, erklärte sie

Polyam. »Tja, und mich brachte er nicht zuletzt dorthin, weil Herzog Vedris mein Großonkel ist.«

»Das ist eine schöne Geschichte«, meinte Lerche. »Und sie wächst jeden Tag.« Sie grinste. »Manchmal ist es sehr ermüdend, ein Teil davon zu sein.«

»Auweia!«, rief Briar da plötzlich aus. Gerade war ihm eingefallen, dass sein »Öl-Eintopf« anbrennen konnte. Er stand schnell auf und rannte hinüber, um sich darum zu kümmern.

»Also gehörte deine Familie zu den Blauen Händlern?«, sagte Polyam zu Daja.

Daja sah, dass Tris bereits den Mund öffnete, um nach einer Erklärung des Wortes zu fragen, und antwortete schnell: »Diejenigen, die auf den Meeren und Flüssen reisen, sind Blaue Händler. Diejenigen, die über Schnee und Sand reisen, werden Weiße Händler genannt.« Zu Polyam sagte sie: »Blaue Händler auf dem Achatmeer.«

»Wo wir gerade von Schnee sprechen, Polyam, seid Ihr nicht aus dem Norden gekommen? Wie waren die Pässe? Kommt der Herbst dort auch so spät wie hier?«, wollte Lerche wissen.

Polyam goss Daja Tee nach. »Nicht in den Namornesischen Bergen«, erwiderte sie. »Aber je näher wir hierher kamen, desto stärker waren die Schnee- und Eisfelder geschrumpft, außer auf den höchsten Bergen.«

»Vielleicht könnt Ihr mir weiterhelfen«, sagte Daja. »Da war ein Fluss aus Eis in den Bergen, ungefähr zehn oder fünfzehn Meilen . . .«, sie blickte sich um und versuchte die

Richtung nach der Sonne zu bestimmen, » . . . südwestlich von hier. Er endete in einem kahlen Tal . . .«

»Es sah mehr vertrocknet aus als kahl«, rief Briar von seinem Tisch aus dazwischen.

Polyam und Lerche tauschten amüsierte Blicke aus. »Habt ihr niemals vorher einen Gletscher gesehen?«, fragte die Händlerin.

»Einen Gletscher? Einen richtigen Gletscher?«, fragte Tris eifrig. »Wo denn? Kann ich ihn auch sehen?«

»Du meinst den Dalburz«, erwiderte Polyam. »Er wird aus dem Feyzi-Gletscher in Gansar gespeist.«

»Aber er sah aus wie ein Fluss, außer, dass Spalten darin waren«, protestierte Daja.

»Das ist ein Gletscher letztlich auch«, erklärte Tris ihrer Freundin. »Ein Fluss aus Eis, der je nach Wetter wächst und schrumpft. Lerche, bitte, darf ich ihn sehen?«

»Wir müssen Niko fragen«, antwortete die Geweihte, stand auf und klopfte anmutig ihr Gewand ab. »Ich hoffe, ihr habt euren kleinen Ausflug während der Zeit gemacht, als ich euch erlaubte mit Magie zu arbeiten?«, wollte sie mit hochgezogenen Augenbrauen von Daja und Briar wissen, worauf die beiden eifrig nickten. »Und nun sollten wir wieder zurück an die Arbeit gehen, damit Daja und Polyam verhandeln können. Jetzt, nachdem sozusagen das Eis gebrochen ist«, fügte sie mit einem schelmischen Lächeln hinzu.

»Na gut«, grummelte Tris und erhob sich mühsam.

»Vielen Dank für den Segen und die großzügige Mahlzeit«, sagte Lerche in Händlersprache zu Polyam und verbeugte sich. Sie führte Tris weg und übersetzte ihr, was sie gerade gesagt hatte. Sandri folgte ihr, nach einem kleinen höflichen Knicks in Polyams Richtung. Kleiner Bär legte sich zurecht, diesmal für ein kleines Schläfchen.

Einen Augenblick lang sagte die Händlerin nichts, sondern beobachtete, wie sich Dajas Freunde wieder an die Arbeit machten. Als sie sich schließlich Daja zuwandte, war es unmöglich zu erraten, welche Gedanken sich hinter diesem vernarbten und gelb gefärbten Gesicht verbargen. »Man sagt, die Gletscher sind Meilen tief«, bemerkte Polyam. »Ich habe das Gefühl, dass es mit deiner Geschichte ganz ähnlich ist – ich sehe nur den winzigsten Teil von dem, was da ist.« Sie zögerte, dann fügte sie hinzu: »Wenn wir unseren Handel beendet haben, werde ich ein Päckchen Tee hinzufügen.«

Dieses Angebot kam äußerst überraschend. Ihre einzigartige Teemischung war eines der wenigen Dinge, die nicht Teil der Verhandlungsmasse der Händler waren: Auch wenn Handwerker ihn bei einem Verhandlungsgespräch probieren durften, kaufen konnten sie ihn nicht.

Bei Polyams Worten blickte Daja zu dem eisernen Rebstock und der Kupferschale, die daneben stand. Daja stieß einen kleinen Schrei aus. Eine Eisenstange hatte sich vom Stamm weg hin zur Schale gebeugt. Die Oberfläche des Eisenastes sah weich und zerknittert aus, als ob die Stange das Kupfer in den Rebstock gesogen hätte. An einem Zweig war eine winzige Kupferknospe zu sehen.

Daja stand auf und ging zum Rebstock hinüber. Das dünne

Stück Eisen war mit der Schale verbunden, als seien sie zusammengeschmolzen worden, und Kupferstreifen waren am Stamm des Rebstocks zu sehen. Die Schale wieder freizubekommen wäre sicher nicht leicht, wenn es überhaupt möglich war. Sollte sie Rosendorn um Hilfe bitten?

»Es tut mir furchtbar Leid«, sagte Daja zu Polyam, als diese neben sie trat. »Ich hatte keine Ahnung, dass das passieren würde.«

Polyam starrte auf die Schale und den Rebstock und rieb sich ihr vernarbtes Ohr. »Zwei Goldmajas«, sagte sie schließlich. »Selbst Gilav Chandrisa wird mit dem Preis einverstanden sein, wenn sie das sieht. Ich muss ein anderes Angebinde für dich finden.«

»Bitte«, sagte Daja und legte eine Hand auf den Arm der Frau. »Ein Angebinde ist nicht nötig.«

Polyam lächelte schief. »Zuerst werde ich von deinen Freunden darüber belehrt, wie man richtig verhandelt, dann erklärst du mir, ich soll es vergessen. Wenn wir verhandeln, lass es uns richtig tun.«

»Außerdem«, bemerkte Tris von ihrem Platz aus, »je ungewöhnlicher dieser Handel ist, desto besser steht Ihr vor Eurer Karawane da.«

»Jene könnte fast Tsaw'ha sein«, murrte Polyam.

Daja grinste. »Sie stammt aus einem Kaufmannshaus in Capchen«, erklärte sie.

»Sie stammt aus dem Hause Tandler? Dann muss ich sie im Auge behalten.« Polyam deutete vor Daja eine Verbeugung an. »Ich muss der Karawane die Neuigkeiten überbringen und ein anderes Angebinde finden.« Mit einer Geschicklichkeit, die man ihr kaum zugetraut hätte, packte sie das Geschirr, die Decke und das Tischchen auf einen Esel, der nahebei stand. Sie nickte Lerche und den Kindern zu und verließ den Hof.

Nach einer Weile rief Lerche Daja, Briar und Tris zu sich. Sandri saß jetzt mit verschränkten Beinen auf dem Boden. Ihr Webstuhl war ausgeklappt und an einem Ende mit einem Band an das Tischbein gebunden. Am anderen Ende befand sich ein Band, das Sandri um ihre Taille gebunden hatte.

»Was wir tun müssen«, erklärte Lerche, »ist die Pfade aufzeichnen, die eure Magie genommen hat. Wo ist die Fadenrolle, die ihr gestern bekommen habt? Sandri wird eure Fäden hier hineinweben. Das Muster wird sich aus den Fäden wie von selbst ergeben.«

Briar holte die Seidenrolle aus seiner Tasche. Sie war schmutzig. »Sie haben alle die gleiche Farbe«, protestierte er, als Daja und Tris ihre Fadenrollen hervorkramten. Dajas war noch schmutziger als seine, voller Rußflecken, und an der Rolle, die Tris in der Hand hielt, klebte Aloemark. »Woher weiß sie, welcher Faden wem gehört?«

»Magie wird die Fäden färben«, sagte Lerche. »Und da ist noch etwas, was ihr wissen müsst: Während Sandri webt, wird sie eure Magie brauchen.«

»Und zwar die ganze«, fügte Sandri hinzu. »Ihr werdet nichts davon benutzen können.«

»Für wie lange denn?«, wollte Tris sofort wissen. Ihr gefiel der Gedanke nicht, dass ihre Magie nicht da war, wenn sie sie brauchte.

»Für etwa einen Tag vielleicht«, erwiderte Lerche. »Sobald wir sehen, wie die Magie sich vermischt hat, muss Sandri sie wieder trennen, sodass jeder von euch seine eigene Magie zurückbekommt.«

Lerche zog Briar seine Fadenrolle aus der Hand. Als Daja das sah, reichte sie Lerche ihre Rolle. Tris musste noch einen Moment nachdenken, bevor auch sie ihre Fadenrolle hergab.

Lerche nahm nun auch Sandris Fadenrolle und legte alle vier neben den Webstuhl und zog vier neue Fadenknäuel aus ihrer Tasche. »Tragt diese bei euch«, wies sie die Kinder an, während sie jedem eines reichte. »Wenn Sandri die Wirkungsweise eurer Magie aufgezeigt hat, muss sie eure Fäden entwirren und neu weben. Dazu werden wir die frische Seide brauchen, die auf euch abgestimmt ist.«

Die vier Kinder steckten die Fadenknäuel in ihre Taschen. Sandri nahm die Enden der vier Fäden, drehte sie zu einem Faden zusammen und wickelte ihn auf ein Weberschiffchen.

»Lerche, warum machst du das denn nicht?«, wollte Tris wissen.

»Ich kann die Magie von anderen nicht beeinflussen«, erwiderte Lerche. »Ich selbst habe zwar auch schon Karten auf einem Webstuhl gewebt, aber da ging es um andere Dinge. Einmal war es, um nach einem verlorenen Kind zu suchen, ein andermal, um herauszufinden, wo Räuber ihre Beute versteckt hatten. Wenn es darum geht, dem Verlauf der Magie nachzuspüren, wäre ich hilflos.« Lerche spielte mit einem Stück roten Faden, dann fuhr sie fort: »Ich kann einen Unsichtbarkeitsspruch in einen Mantel weben; Niko kann Magie mit seinen Augen sehen. Rosendorns Macht wächst mit ihren Pflanzen. Eisenbart lässt seine Sprüche in das Metall einfließen, mit dem er arbeitet. Und die meiste Zeit arbeitet auch ihr so mit eurer Magie – die meiste Zeit, aber nicht immer. Wir wissen, dass Daja so starke Magie in Eisen fließen ließ, dass sie seine Beschaffenheit änderte. Aus Tris erwachsen Blitze, sie braucht nicht auf einen Sturm zu warten. Sandri war in der Lage eure Magie zusammenzuweben und Briar . . .«

»Ich, ich habe nur die Dinge in die Erde gebrutzelt«, sagte dieser düster.

»Wo kam das Feuer denn her?«, fragte Lerche. »Wie bei Tris kam es aus dir selbst.« Sie legte ihm kurz den Arm um die Schultern und ließ ihn dann wieder los. »Wir hätten diese Karte schon vor Wochen erstellen sollen, in dem Augenblick, in dem wir wussten, dass Sandri eure Magie während des Erdbebens vereint hat.«

»Aber dann kamen die Piraten«, sagte Tris.

Lerche nickte. »Und dann mussten wir im Verschlungenen Kreis und in Sommersee wieder Ordnung schaffen und dann wollte der Herzog, dass wir mit ihm nach Norden reisten. Tja, ich denke, wir können es nicht länger aufschieben. Es mag nicht die beste Zeit und der beste Ort sein, aber es muss gemacht werden. Bist du so weit?«, fragte sie Sandri.

Sandri nickte. Fast der ganze Faden von den Rollen war jetzt um ihr Weberschiffchen geschlungen.
Lerche ging zum Torbogen. Als die Kinder sich neben Sandri setzten, machte Lerche das eine Ende des roten Fadens, den sie in der Hand gehalten hatte, auf der rechten Seite des Torbogens fest. Ihre Lippen bewegten sich, während sie den Faden über die Toröffnung zog, wie um sie abzuriegeln. Mit ihrem Daumen presste sie das andere Ende des Fadens an die gegenüberliegende Seite des Torbogens, wo es kleben blieb. Sie legte ihre Handflächen aneinander und drückte die Hände gegen ihre Stirn. Der Faden am Torbogen begann erst zu schimmern, dann in einem kräftigen weißen Licht zu glühen. Lerche seufzte, drehte sich zu ihnen und setzte sich im Schneidersitz auf die Erde.
»Das sollte uns vor Unterbrechungen schützen. Und jetzt schließt die Augen«, befahl sie. Die vier gehorchten. »Während ihr meditiert, reicht einen Faden eurer Magie an Sandri. Sie wird ihn zu ihrer Webarbeit hinzufügen.«
»Wird es weh tun?«, wollte Tris wissen. »Ich hasse es, wenn es weh tut.«
»Du wirst ein leichtes Ziehen spüren«, antwortete Lerche.
»Atmet tief ein«, befahl Lerche.
Die vier zählten bis sieben, während sie einatmeten, und schlossen die Augen. Je öfter sie diese Übung vollführten, desto leichter fiel sie ihnen. Daja griff in ihre Magie und fasste einen Hauch davon. Langsam und stetig zog sie die Magie wie einen dünnen Draht, wobei sie sie ein wenig zwirbelte, um den Draht so dünn wie einen Seidenfaden zu

machen. Tris brachte einen kleinen Blitz hervor und Briar zog eine dünne, fadenartige Ranke heraus. Sandris Magie hatte die Gestalt eines Spinnrockens. Zuerst nahm Sandri Briars Faden und fügte ihn zu ihrem. Als Nächstes kam Dajas, dann Tris' Faden. Behutsam zwirbelte Sandri die vier Fäden, bis sie miteinander verschmolzen.

Als Sandri ihre vereinte Magie auf das Weberschiffchen wickelte, kehrten Daja, Briar und Tris in ihre eigenen Körper zurück. Sie spürten ein leichtes Ziehen, während Sandri ihre Magie von ihnen fortzog.

»Lakiks Zähne, ich verbrenne!«, murrte Briar. Er meinte den Topf mit Öl, den er auf dem Feuer zurückgelassen hatte. Er eilte hinüber, um den Inhalt zu retten.

Daja machte ein neues Feuer in ihrer Schmiede. Sobald es richtig brannte, nahm sie fünf dünne Eisenstangen und legte sie hinein, um sie zu erhitzen.

Tris kehrte zu ihrem Stoß Aloeblätter zurück. Als sie das Messer in die Hand nahm, sah sie, dass ihre Finger zitterten. Sie mochte das Gefühl nicht, dass ihre Magie nach und nach von ihr weggenommen wurde. Es erstaunte sie, als ihr klar wurde, wie sehr sie sich daran gewöhnt hatte, dieses Feuer der Macht für selbstverständlich zu nehmen. Nicht einmal ein halbes Jahr war vergangen, seit sie es zuerst gespürt hatte, und jetzt wollte sie es mehr als alles andere auf der Welt.

Sie biss die Zähne zusammen, nahm ein Blatt und begann das Mark herauszuschneiden.

7

An diesem Abend war der große Speisesaal erfüllt mit den Gesprächen über die sich ausbreitenden Grasfeuer. Den ganzen Tag waren Leute ins Schloss geströmt, ihre bewegliche Habe auf Wagen oder in Bündeln. Während viele im Haupthof von einer Küche im Freien versorgt wurden, speisten die wichtigeren Leute, Dorfvorsteher und Handwerksmeister, mit den Schlossbewohnern. Sandri verspürte Mitleid für die Flüchtlinge und war gleichzeitig genervt und schämte sich dafür. Diesen Sommer hatte sie zu viele Flüchtlinge gesehen, die vor Erdbeben und Piraten geflohen waren. Sie hatte gehofft, dass es so weit nördlich niemanden geben würde, der aus seinem Heim vertrieben wurde.

Zu ihrer Linken unterhielt sich Inoulia mit dem Herzog. Niko, zu ihrer Rechten, sprach mit Yarrun. Vielleicht konnte sie mit ihren Freunden . . .?

Briar, Daja?, rief sie in Gedanken. Nichts geschah; sie blickten nicht einmal auf. *Tris?*

Tris plauderte mit dem Küchenjungen neben sich. Wenn sie Sandris gedanklichen Ruf gehört hatte, zeigte sie es jedenfalls nicht.

Sandri wollte schon Niko fragen, was schief gegangen sein

konnte, als ihr der Webstuhl und ihre Arbeit vom Nachmittag einfielen. Wenn sie einen Beweis gebraucht hatte, dass sie ihre und die Magie ihrer Freunde in ihre Webarbeit gebunden hatte, hier war er. Mit einem Seufzer wandte sie sich wieder dem Essen zu.

»Geht es Tris schlecht?«, fragte Niko kurze Zeit später Sandri. »Sie hustet ziemlich viel.«

»Das ist der Rauch«, erwiderte Sandri. »Ich wünschte, wir hätten eine Möglichkeit ihn fern zu halten. Hat mein Onkel erwähnt, wann wir weiterreiten?«

»Nein, aber ich denke, es wird noch ein paar Tage dauern.« Niko rieb sich müde die Augen. »Er muss mit Leuten aus den kleineren Tälern entlang der Gansargrenze sprechen. Wir müssen einfach warten.«

Sobald das Essen beendet war, standen der Herzog und Inoulia auf. Die Hochwohlgeborene hob die Hände und bat so um Ruhe. »Männer und auch Jungen eines Haushalts, die älter als zwölf sind, melden sich bitte bei Meister Emmit. Wir müssen einen Feuerbrecher entlang dem Waldrand graben. Emmit wird euch die nötigen Anweisungen und Werkzeuge geben.«

Besorgtes Gemurmel war zu hören. Es kam nicht oft vor, dass Feuerbrecher gegraben werden mussten – breite Streifen, die das Feuer nicht überqueren konnte.

»Meine Freunde, meine Freunde!« Jetzt war es Yarrun, der um Ruhe bat. »Ihr kennt mich, so wie ihr meinen Vater vor mir gekannt habt. Haben wir euch je im Stich gelassen? Dies ist eine reine Vorsichtsmaßnahme.«

Sandri schüttelte den Kopf, während sie und Niko zu Briar, Tris und Daja gingen. Sie hätte sich viel besser gefühlt, wenn der Mensch, der ihnen das versicherte, Niko oder Tris gewesen wäre. Es war schwer, zu Yarrun Vertrauen zu haben. Seinen Augen fehlte der Ausdruck von Stärke und sein humorloses Lächeln jagte ihr eine Gänsehaut ein.

Ich hoffe nur, mein Onkel nimmt von diesem Yarrun Feuerzähmer keinen Rat bezüglich dieser Brände an, dachte sie und bot Tris ihr Taschentuch an. Ihre Freundin nahm es mit einem erleichterten Lächeln und dämpfte damit einen Hustenanfall.

Eisenbart war nicht zum Abendessen gekommen. Erst als Sandri bereits wieder an die Arbeit zurückgekehrt war, kam er frisch gebadet in das Zimmer. Ein Diener folgte ihm mit einem Tablett voll Essen.

»Ich weiß nicht, was die Zehnte Karawane Idaram vorhat«, sagte Eisenbart zwischen einigen Bissen vom Hühnchen. »Zuerst wollten sie nur, dass wir ein paar Sachen in Ordnung bringen – ein Rad ersetzen, das Pferdegeschirr reparieren. Dann, heute Nachmittag, sagten sie, wir sollten alles überprüfen. Alles! Jeden Eimer, jeden Messingknauf, jeden Ring, jedes Pferdegebiss, jede Schnalle in der Karawane. Das bedeutet mindestens zwei weitere Tage Arbeit für Kahlib und mich. Kahlib schickte seinen Lehrling zum Gut Owzun, um mehr Messing zu besorgen. Natürlich ist Kahlib froh«, er blickte zu Lerche und grinste, »wie eine Lerche. Das bringt ihm ein kleines Vermögen. Ich dachte allerdings, dass die Händler bald weiterziehen wollten . . . aus gewissen Gründen.«

»Weil eine Trangshi hier ist«, bemerkte Daja düster.

»Aber sie haben ihre Meinung geändert«, erklärte Eisenbart. »Ich frage mich . . .«

Er hielt inne. Briar hatte den eisernen Rebstock hereingebracht. Tris trug die an dem Rebstock hängende Kupferschale. Inzwischen hatten alle Zweige auf der Seite der Schale Kupferknospen.

»Shurri schütze uns«, rief Eisenbart aus. »Wissen sie darüber Bescheid?«

»Die Schale war Polyams Angebinde für mich«, erklärte Daja. »Wir ließen sie neben dem Rebstock stehen. Als Polyam ging, befand sich nur eine Kupferknospe daran, aber sie erhöhte ihr Angebot sofort auf zwei Goldmajas, als sie es sah.«

»Auf der Stelle?«, fragte Eisenbart. »Sie hat nicht einmal darum gebeten, sich mit ihrem Gilav besprechen zu können?«

Die vier Kinder und Lerche schüttelten die Köpfe.

»Sie haben einen Käufer«, meinte Niko entschieden. »So muss es sein. Es ist der einzige Grund, weshalb sie so viel bieten. Sie haben jemanden, der für magische Kunstwerke sehr gut bezahlt.«

»Wisst ihr auch, wen?«, fragte Rosendorn und inspizierte die Kupferknospen. Es war das dritte Mal, dass sie den Rebstock untersuchte, seit sie ihn am späten Nachmittag gesehen hatte.

»Es gibt einige Leute um das Achatmeer, die hohe Preise für magische Seltenheiten bezahlen«, erwiderte Niko. »Wenn du möchtest, Daja, könntest du versuchen ihn direkt an sie zu verkaufen.«

Sandri sah Niko überrascht an. Es war natürlich Dajas Recht, ihre Schöpfung auch ohne Polyam zu verkaufen, aber es schien nicht sehr ehrenhaft.

»Nein«, sagte Daja mit gerunzelter Stirn. »Ich will, dass sie glauben, Polyam habe mit mir bis zum Umfallen gefeilscht und einen außergewöhnlich günstigen Preis bekommen. Dadurch erhält sie vielleicht etwas von dem Zokin, das sie verlor, als sie sie zur Qunsuanen machten.«

Niko lächelte und in seinen dunklen Augen stand Anerkennung. Sandri sah ihn böse an. »Daja muss nicht geprüft werden, ob sie ehrenhaft ist oder nicht«, sagte sie aufgebracht zu ihm.

»Muss sie nicht?«, fragte Niko. »Muss das nicht jeder von euch? Dies ist ein erster Vorgeschmack auf die Dinge, die kommen werden, weil ihr mächtige Magier seid. Die Menschen werden euch Gold, hohen Rang, sogar Liebe anbieten. Ich möchte wissen, wie ihr reagieren werdet. Ich möchte wissen, ob eure Lehrer gierige, gedankenlose Monster in die Welt entlassen werden.«

Alle vier blickten zur Seite.

»Nun«, sagte Eisenbart fröhlich, als das Schweigen lange genug dauerte, um Kleiner Bär und Kreisch unruhig zu machen, »wie ging es denn mit deiner normalen Arbeit weiter? Lass mal deine Nägel sehen, Daja.«

Mit einem Stöhnen holte sie den Eimer voll Nägel, die sie am Nachmittag gemacht hatte. Rauch drang durch das Fenster und ließ die anderen husten, als sie Eisenbart den Eimer reichte.

Zuerst sagte er nichts, aber der Ausdruck auf seinem Gesicht, als er die Nägel in die Hand nahm und mit den Fingern befühlte, war merkwürdig. »Ich verstehe das nicht«, murmelte er. »Wo ist sie?«, wollte er wissen. »Wo ist deine Magie?«

»Sandri hat sie«, erwiderte Daja.

»Sandri hat sie«, wiederholte Eisenbart mit hochgezogenen Augenbrauen. »Ich verstehe. Du warst in einer großzügigen Stimmung und hast gesagt ›Nimm meine Magie, Sandri, ich brauche sie gerade nicht . . .‹«

»Nicht so hitzig« riet ihm Lerche und steckte ihre Hände in die Ärmel ihrer Ordenstracht.

»Nicht so hitzig?« Eisenbarts Stimme stieg an. »Ihr beraubt meinen Lehrling seiner Macht . . .«

»Es ist doch nur geliehen«, protestierte Briar.

»Seht Euch an, was Sandri macht, bevor ihr noch irgendetwas sagt«, warf Lerche ein.

Er blickte zu Sandri, die wie in Trance webte, so vollkommen konzentriert, wie sie es schon seit ihrer Rückkehr vom Abendessen getan hatte. Sie arbeitete gleichmäßig und schickte das Weberschiffchen vor und zurück durch die Kettfäden. Unter ihren Fingern lag etwa eine Elle Stoff. Obwohl der Faden auf dem Weberschiffchen von cremefarbener, ungefärbter Seide war, lag ein schwacher Farbschimmer im Stoff. An einer Ecke formte sich ein grüner Streifen, an der anderen ein orangeroter. Ein weißer Streifen lag in dem grünen, während ein blauer Ton das Stück Stoff zwischen dem weißen und dem orangefarbenen färbte.

»Sie webt eine Karte, Ihr großer Hitzkopf«, erklärte Rosendorn scharf. »Ihr wisst so gut wie wir, dass etwas dagegen getan werden muss, dass die Magie der Kinder sich immer weiter vermischt und ihnen entschlüpft.«

»Ihr solltet sie nicht ermutigen ihre Magie irgendjemandem zu überantworten«, erwiderte Eisenbart und seine Augen blitzten vor Zorn. »Nicht einander, nicht uns, nicht irgendjemandem auf dieser Erde! Sie haben keine Ahnung, was daraus Schlimmes entstehen könnte, aber ich hätte gedacht, Ihr wüsstet das!«

»Das wissen wir auch«, erwiderte Niko. »Aber dies musste getan werden, und zwar jetzt.«

Daja legte eine Hand auf den Arm ihres Lehrers, denn sie wollte nicht, dass er sich aufregte. »Wenn Ihr meine Magie in einfacher Arbeit wie einem Nagel spüren konntet, könnte das nicht eines Tages zu Problemen führen?«, fragte sie. »Lerche denkt, dass wir das jetzt in Ordnung bringen können. Ich möchte, dass es wieder in Ordnung ist.«

»Ich auch«, sagte Briar.

»Genau wie ich«, ergänzte Tris.

Eisenbart fuhr sich mit den Fingern durchs Haar. »Es gefällt mir nicht«, wandte er ein. »Was, wenn Sandri etwas falsch macht?«

»Das kann sie nicht«, erwiderte Lerche ruhig. »Sie und ich

haben das Holz und den Aufbau dieses Webrahmens mit jedem Schutz- und Verwahrspruch besprochen, den ich kenne. Wenn sie fertig ist, werden Webstuhl und Stoff gleichermaßen auseinander genommen und der Faden wird verbrannt.«

Eisenbart warf Sandri einen zweifelnden Blick zu, dann stakste er auf den Balkon hinaus. Daja starrte die anderen Erwachsenen an. Eisenbart hatte sich noch nie so benommen. Selbst während des Piratenangriffs auf den Verschlungenen Kreis war er ruhig geblieben.

»Ich werde später noch mit ihm reden«, sagte Niko und rieb sich die Schläfen. »Er ist nur beleidigt, weil wir ihn nicht um seine Meinung gebeten haben, obwohl er einverstanden war, dass Lerche und ich die Entscheidungen treffen, wenn es um euren Unterricht geht.«

Daja war sich nicht sicher, ob Niko damit Recht hatte. Eisenbart regte sich normalerweise nicht auf, weil man ihn nicht gefragt hatte.

»Wisst ihr, was ich morgen gerne machen würde?«, verkündete Tris. »Ich würde gerne diesen Dalburz-Gletscher sehen. Geht das?«, fragte sie Lerche und Niko.

»Ich muss morgen hier weitermachen«, erklärte Sandri. Es war Zeit für eine Pause. Sie schlüpfte hinter dem Webstuhl hervor und ging im Zimmer auf und ab, wobei sie sich ihren Nacken rieb.

»Du solltest dir morgen früh ein paar Stunden Pause gönnen«, riet Lerche ihr. »Du wirst die Auswirkungen der Magie spüren, die durch dich geflossen ist. Ein Ritt zum Gletscher

wird genau das sein, was du brauchst, um dich zu erholen, und dann kannst du am Nachmittag weiterarbeiten.«
»Ich könnte Euch führen, wenn Ihr wollt.« Polyam stand in der offenen Tür, in ihrer unverletzten Hand hielt sie ein Päckchen. Sie nickte den Erwachsenen grüßend zu. »Unsere Karawane kommt dort ständig vorbei.«
»Die Idee gefällt mir wirklich gut«, sagte Niko beifällig. »Der Ausflug wird uns allen gut tun. Lerche und ich werden euch begleiten.«
»Tja, dann mache ich mich jetzt besser wieder an die Arbeit«, meinte Sandri mit einem Seufzer und setzte sich wieder an den Webstuhl.
Polyam ging zu ihr hinüber, um sich den Stoff anzusehen. »Das ist ja ein völliges Durcheinander«, urteilte sie kritisch. »Am Anfang hast du es gut gemacht, aber dann sind dir anscheinend die Fäden durcheinander gekommen.« Ihr Stirnrunzeln verzerrte die gelb bemalten Narben auf ihrem Gesicht. »Und wie kommt es, dass die Streifen farbig sind? Dein Faden ist es nicht.«
»Das ist eine lange Geschichte«, erwiderte Lerche und setzte sich mit einem Korb Näharbeit. »Können wir Euch etwas zu trinken anbieten?«
Die Händlerin schüttelte den Kopf. »Ich kam nur, um ein neues Angebinde zu bringen.« Sie ging hinüber zum Rebstock und ihr Stab pochte dumpf auf dem Teppich. »Er wächst schnell, dieser Rebstock.«
»Ja, und ganz ohne mein Zutun«, sagte Daja.
Polyam verbeugte sich und bot ihr das Päckchen dar, das sie

bei sich hatte. »Ich hoffe, du wirst dies als unser neues Angebinde annehmen.«

Ihr Geschenk war in gelbe Seide gehüllt, wie alle wichtigen Geschenke von Händlern. Vorsichtig öffnete Daja es. Der Stoff fiel auseinander und enthüllte eine handgroße Figur aus blasser grüner Jade. Es war eine gefleckte Katze mit einem langen Schwanz. Tris, Lerche und Briar nickten bewundernd, als Daja sie ihnen zeigte.

Als Briar die Hand danach ausstreckte, reichte ihm Daja die Figur. Er betrachtete sie von allen Seiten und fuhr mit den Fingern über das Zeichen des Künstlers, das im Boden eingraviert war.

»Das ist ein Schneeleopard«, erklärte Polyam. »Scheue Tiere. Sie leben in den südlichen Bergen von Yanjing. Sie sind normalerweise weiß mit schwarzen Flecken.«

»Sehr hübsch«, sagte Niko. »Ein angemessenes Geschenk, findest du nicht, Daja?«

Daja nickte. »Von Euch?«, fragte sie Polyam.

Die Händlerin lächelte. »Nein, es stammt aus den Besitztümern der Karawane«, erwiderte sie und ihr gesundes Auge funkelte.

»Ich weiß es zu würdigen«, erwiderte Daja mit einem Lächeln. Dass man ihr ein Geschenk aus den Gütern der Karawane anbot, bedeutete, dass sie in der Achtung des Gilav gestiegen war. »Aber Ihr seid auch weiterhin mein Handelspartner, oder?« Wenn den Händlern das, was Daja zu verkaufen hatte, so wichtig war, dass sie ihr ein solches Geschenk anboten, konnten sie auch einen Daka mit hohem

Ansehen handeln lassen. Und plötzlich wurde Daja klar, dass sie das nicht wollte. Sie mochte Polyam. Das war eine Erkenntnis, die sie selbst verblüffte.
Polyam schüttelte den Kopf. »Der Daka müsste sich ebenfalls der Qunsuanen-Zeremonie unterziehen. Warum Zeit und Farbe verschwenden«, sie deutete auf sich selbst, »wenn ich das schon alles gemacht habe?«
»Man könnte vielleicht fünf Silbersterne von einem guten Hehler dafür bekommen«, sagte Briar und reichte Daja die Figur. »Auf dem Markt ist sie allerdings sicher einen Goldmaja wert.«
Tris sog hörbar die Luft ein.

»Ich sagte Gilav Chandrisa, du würdest wahrscheinlich für drei Goldmajas verkaufen«, kommentierte Polyam. »Also mach mich nicht zum Narren.« Sie unterdrückte ein Gähnen. »Ich treffe euch morgen früh bei den Ställen.« Mit einem kurzen Winken verließ sie sie.
»Polyam gefällt das Ganze viel zu sehr«, meinte Niko säuerlich. »Genau wie euch vieren.«
»Wir waren den ganzen Tag brav«, protestierte Briar. »Wir haben unsere Magie nicht unerlaubt benutzt.« Daja, die hinter ihm stand, sah, wie er die Finger hinter dem Rücken überkreuzen wollte, es aber dann doch ließ. Er hatte Recht. Schließlich hatte Lerche ihren Ausflug gebilligt. »Wir haben ein wenig Spaß verdient, findet Ihr nicht?«, fragte Briar.
»Ich verstehe das nicht«, sagte Tris mit rauer Stimme. »Zuerst hat sie fast so getan, als hasse sie Daja, aber jetzt

macht sie sich solche Mühe, besorgt Essen und bietet uns an, uns zu führen . . .« Sie hielt inne und hustete.
»Ich glaube, sie genießt es, machen zu können, was sie will«, erklärte Lerche. »Als Wirok wird sie gering geschätzt. Aber jetzt ist sie wichtig für die Karawane. Man hört jetzt auf sie. An ihrer Stelle würde ich auch das Beste daraus machen.«
»So habe ich das nie gesehen«, gestand Tris. Sie begann wieder zu husten. »Das ist der Rauch von den Grasbränden!«, schnaufte sie. »Ich hasse ihn.«
»Dein Husten hört sich gar nicht gut an«, sagte Rosendorn. »Ich werde dir etwas Medizin geben.«
»Ich will nichts, was schlecht schmeckt«, krächzte Tris und folgte Rosendorn in das Zimmer, in dem die beiden Geweihten schliefen. »Ich komme schon zurecht.«
Lerche holte ihre Näharbeit heraus und behielt Sandri im Auge. Briar beschloss sich um Kleiner Bär zu kümmern und ihn zu bürsten und Niko nahm ein Buch zur Hand. Daja ging auf den Balkon hinaus.
Eisenbart saß auf der Steinbrüstung, den Rücken gegen einen Pfeiler gelehnt. Er blickte Daja an, nickte und starrte dann weiter auf das Tal unter ihnen. Kreisch schlief auf seiner Schulter, halb versteckt unter seinem Haar.
Daja setzte sich neben Eisenbart und blickte in die Ferne. Die Feuer waren deutlich zu sehen. Rauchschwaden wehten ihr immer wieder ins Gesicht.
Sie wusste nicht so recht, was sie zu ihm sagen sollte, und so sagte sie gar nichts. Nach einer Weile hörte sie seine leise

Stimme. »Ich wurde in Mbau, südöstlich des Achatmeeres geboren.«
Heißes Land – gutes Ebenholz, Mahagoni und Messingarbeiten, dachte Daja automatisch. Aber sie sagte nichts.
»Mein Vater war ein Schäfer in unserem Dorf. Er war sehr arm. Mein älterer Bruder und meine ältere Schwester kannten nur Bohneneintopf, denn das war alles, was es gab. Nachdem ich geboren war, gab es jedoch plötzlich genug Geld. Meine Mutter und meine Schwestern hatten Kleider. Mein Vater konnte jemanden dafür bezahlen, die Schafe zu hüten, während er mit den Älteren in der Hütte saß und Geschichten erzählte und Streitigkeiten schlichtete.« In Eisenbarts Stimme lag ein träumerischer Ton. »Unser Mchowni – du würdest ihn als Schamanen bezeichnen – war wie ein hoch verehrter Onkel für uns. Er aß an Festtagen mit uns und brachte uns Kindern Geschenke. Er suchte die Ehemänner für meine Schwestern aus und sicherte meinem Bruder einen Platz unter den Kriegern. Dennoch mochte ich ihn nicht. Er beobachtete mich immer.«
Eine große Rauchwolke wehte über den Balkon. Eisenbart holte tief Luft und blies sie weg, als sei er ein Blasebalg.
»Ich war immer schwermütig. Die meiste Zeit verbrachte ich beim Schmied und ging ihm zur Hand. Als ich älter war, lehrte er mich das Schmiedehandwerk. Ich liebte es, aber ich war auch enttäuscht. Irgendetwas fehlte. Es war, als ob ich nach einem Werkzeug suchte und es mir immer aus den Fingern glitt. An manchen Tagen wurde ich davon so verrückt, dass ich nur laufen und laufen und laufen konnte.«

Er schloss die Augen und schwieg. Schließlich fuhr er fort: »Als ich fünfzehn war, starb der Mchowni. Er starb – und meine Magie, die er mir weggenommen und benutzt hatte, seit dem Tag, an dem ich geboren wurde, die Magie, für die er meine Eltern bezahlt hatte – kam zurück zu mir. Sie kam so plötzlich und heftig, dass ich fast daran gestorben wäre. Der Mchowni hatte nicht einmal gewusst, welche Art von Magie es war. Er benutzte sie nur, um das zu bekommen, was er brauchte. Und ich . . . ich erinnere mich gut an das erste Mal, als ich nach seinem Tod wieder in die Schmiede kam. Ich hörte das Metall singen. Meine Werkzeuge schmolzen, als ich sie aufnahm. Der Schmied befahl mir zu gehen. Mein ganzes Leben war in Scherben. Und meine Eltern sagten mir, es sei zu meinem eigenen Besten gewesen. Ein Blinder konnte sehen, dass es zu ihrem Besten gewesen war, dass sie meine Magie verkauft hatten.«

»Das habt Ihr niemals erwähnt«, flüsterte Daja mit brennenden Augen. Sie wollte weinen um den Jungen, der er gewesen war.

»Ich war für lange, lange Zeit furchtbar zornig. Ich wollte alle hassen. Es war harte Arbeit, diesen Zorn zu überwinden. Wenn ich daran denke, werde ich wieder wütend, also versuche ich nicht daran zu denken.«

»Was ist dann mit Euch geschehen? Und mit Eurer Familie?«

»Ich bin gegangen – es gab niemanden dort, der mich unterrichten konnte – und ich musste unterrichtet werden. Ich höre noch manchmal von meiner jüngsten Schwester. Es dauerte eine Weile, bis ich reif genug war ihr zu schreiben.«

»Kein Wunder, dass Ihr vorhin so aufgebracht wart.«
Er seufzte. »Lerche hat Recht – es war nötig für euch. Die Erinnerungen waren nur zu stark.«
»Es wird bald vorbei sein«, versicherte Daja ihm. »Wenn ich meine Magie wiederhabe, werde ich sie nie mehr so leicht aufgeben.«
Eisenbart kam zu ihr und küsste sie auf die Stirn. »Das ist alles, was ich hören wollte«, sagte er.

8

Als sie am nächsten Morgen losritten, freute sich Tris darauf, dass der Ausflug sie von dem Rauch wegbringen würde, der über dem Goldkammtal hing. Während die Straße nach oben führte, am kleinen Tal mit den Krokussen vorbei, fiel ihr das Atmen auch schon ein wenig leichter und sie wurde von dem Husten erlöst, der sie die ganze Nacht gequält hatte. Wer hätte gedacht, dass solche einfach aussehenden Pflanzen so viel wert sein können, dachte sie, als Briar ihr die Terrasse zeigte, wo er versehentlich Krokusse verbrannt hatte.

Sandri, ihre Gefährtin auf der Reise, plauderte nicht so viel wie sonst. Die Anstrengung des magischen Webens hatte sich über Nacht bemerkbar gemacht, genau wie Lerche es ihr vorhergesagt hatte. Sandri war blass, ihre Lider waren schwer und sie schlief halb im Sattel. Hinter ihnen kamen Niko, Yarrun und Lerche. Yarrun hatte angeboten bis zur Abzweigung, die zum Gletschertal führte, mitzureiten. Er wollte sich ansehen, wie weit die Grasfeuer sich ausgebreitet hatten. Am Ende ihres Zugs ritt Briar, der sich erboten hatte ein Auge auf das Packpferd zu haben, das ihr Mittagessen trug.

Polyam, die immer noch hellgelb bemalt war, führte mit Daja den Zug an. Sobald Kreisch aufgehört hatte ihre Ohren mit seinem üblichen schrillen Zwitschern zu füllen, um sich auf die Jagd nach einem Frühstück zu machen, drängte Tris ihr Pony vorwärts, um mit Daja und Polyam reden zu können.

»Ein Jammer, dass die Safranernte so schlecht ist«, sagte Polyam gerade zu Daja. »Das ist es, was wir normalerweise hier kaufen. Ihre Hochwohlgeborene Inoulia braucht ein Wunder. Vor allem aber brauchen sie Regen hier und Kupfer und Safran. Alles drei haben sie nicht.«

Tris blickte gereizt ins Tal. »Ich wünschte, ich könnte etwas tun«, murrte sie und schlug mit der Faust auf ihr Bein. »Zu Hause würde ich es wie aus Eimern regnen lassen!«

»Ach ja?«, fragte Polyam mit einem Lachen. »Könntest du das denn?«

»Das könnte sie«, sagte Daja düster. »Und mit so viel Anstrengung, wie sich im Bett umzudrehen.«

Polyams Lachen verstummte. »Ist das euer Ernst?«

Tris führte ihr Pony zum äußeren Rand der Straße. Die Straße führte jetzt in eine bewaldete Schlucht. Hier erreichte der kleine Fluss, der den See speiste, das Goldkammtal. »Sag ihr lieber nicht, was ich alles tun kann«, riet Tris Daja. »Es könnte sie nur nervös machen.«

»Sehr wahrscheinlich«, stimmte Daja ihr zu. Zu Polyam sagte sie: »Tris macht mich auch manchmal nervös und dabei ist sie meine Saati.«

Polyam schüttelte den Kopf. »Zu hören wie Kaqs Saati genannt werden – das gibt mir das Gefühl, als gerate die Welt völlig aus den Fugen.«

»Wie soll ich sie denn sonst nennen?«, fragte Daja überrascht. »Tris, Briar, Sandri – sie sind mir so nahe wie mein eigen Blut. Es war ein langer Sommer«, sagte sie und wusste, dass es die besondere Freundschaft, die die Kinder verband, nicht einmal annähernd erklären konnte. »Wir haben viel zusammen durchgemacht.«

Yarrun ritt näher heran. »Ihr müsst entschuldigen, dass ich nicht weiter mitkomme. Ich habe kein Interesse an Gletschern«, erklärte er. »Ihre Kraft und meine passen nicht zusammen. Ich verlasse Euch hier.« Er schnalzte mit der Zunge und lenkte sein Pferd in Richtung der Wachtürme, die auf jeder Seite des Flusses standen.

»Ihr wärt vielleicht besser dran, wenn Ihr ein Interesse hättet«, murrte Tris. Yarrun ging ihr langsam auf die Nerven. Er war sich so sicher, dass alles, was er tat, zweckmäßig und richtig war.

Tris konnte die Trockenheit im Tal unter sich richtiggehend spüren. Sie war nicht auf die brennenden Grasflächen, den schrumpfenden See oder die vertrockneten Felder beschränkt. Überall war die Erde ausgedörrt. Tris sah, dass die Blätter und die Nadeln an allen Bäumen braune Spitzen hatten; wenn sie sich das nur ansah, kribbelte es in ihr.

Das muss Briars Einfluss auf mich sein, dachte sie, während sie dem Flusslauf folgten und an den Wachtürmen vorbeiritten. Während dieser Reise hatte sie bemerkt, dass ihr Pflanzen und Bäume stärker ins Bewusstsein traten.

Wenn sie nach vorne sah, konnte sie trockene Büsche und Gräser zu beiden Seiten des Tals sehen. Nur die Uferbänke waren grün. Ich bin erst ein paar Tage hier, dachte sie und wischte sich mit dem Ärmel über die Stirn. Wie müssen diejenigen sich fühlen, die hier leben und mit ansehen müssen, wie alles vertrocknet?

Sie beschlossen das Mittagessen in einer gehörigen Entfernung vom Gletscher einzunehmen, denn der Wind, der von den riesigen Eiswänden herwehte, war sehr kalt. Nachdem sie sich umgesehen hatten, wählten sie einen breiten Streifen sandiger Erde auf einem niedrigen, flachen Hügel. Während das Essen ausgepackt wurde, trat Daja an den Rand des Hügels und starrte zum Gletscher hinauf.
Am Vortag hatte sie ihn gar nicht richtig gesehen und sie war überrascht, wie riesig er war. Wieder beeindruckten sie die Geräusche, die von dem Gletscher herüberdrangen. Sie hörte ein Knarren und Seufzen und das Plätschern von Schmelzwasser. Während sie lauschte, drängte sich ihr der Eindruck auf, als ob das Eis sich bewege, wie langsam auch immer. Die langen, tiefen Aushöhlungen in den Felswänden dieses Tals konnten genauso gut die Spuren sein, die die Klauen des Gletschers hinterlassen hatten, als er sich vom Goldkamm zurückzog.
»Daja«, rief Lerche. Sie, Polyam, Briar – der gerne mit Essen hantierte, wenn er es schon nicht sofort in seinen Mund stecken konnte – und Niko hatten alles ordentlich auf einer Decke angerichtet. Das Essen sah aus wie das Festmahl eines

Königs und Daja wusste, dass es mit altvertrauten Gewürzen versehen war. Jetzt war die Zeit, ihren Teil zum Mahl beizusteuern.

»Es fehlt der Mittelpunkt«, sagte sie zu ihren Gefährten. Sie griff in ihre Satteltasche, holte etwas heraus und legte es auf die Decke. Da glitzerte Metall in der Sonne und Blüten öffneten sich. Es war eine Kupferrose.

»Eine der Knospen öffnete sich, als ich heute Morgen aufstand«, erzählte sie, zufrieden darüber, wie alle vor Erstaunen die Luft anhielten.

Briar kniete sich nieder und strich über die Blüte. »Da soll mich doch einer . . .«, murmelte er. »Es fühlt sich warm an – ich denke, es lebt immer noch.«

Polyam ließ sich auf ihr gesundes Knie fallen, um die Kupferblüte zu inspizieren. Zu Daja sagte sie: »Wenn du diese Art von Magie beherrschst, wann und wie du willst, wirst du eine reiche Lugsha sein.«

Daja dachte bitter, dass sie viel lieber eine reiche Händlerin wäre, und zuckte dann mit den Schultern. »Wie du sagst, zuerst muss ich lernen die Magie zu beherrschen.«

Sobald Lerche den Segen gesprochen hatte, waren alle damit beschäftigt, zu essen. Doch jeder von ihnen streckte von Zeit zu Zeit die Hand aus, um über die Kupferblüte zu streichen. Das üppige Händleressen versetzte alle in gute Laune. Das Gebäck zum Nachtisch, mit reichlich Honig und Nüssen, machte sie alle angenehm faul.

Während Lerche ein Nickerchen machte, gingen Tris, Briar, Sandri und Niko zum Gletscher, um ihn sich genauer anzu-

sehen. Polyam und Daja unternahmen einen Spaziergang entlang dem Flussufer. Hier unten, nahe dem Schutzwall aus Eis, war das Wasser tiefer und schneller. Im Schatten war die Luft kalt und so blieben sie in der Sonne.
Eine ganze Weile liefen sie nebeneinander her und keiner sagte etwas. An einer Stelle schätzte Polyam die Erde, auf die sie mit ihrem Holzbein trat, falsch ein und der sandige Boden sackte unter ihr weg. Sie fuchtelte mit den Armen wie eine Windmühle und wäre fast im Wasser gelandet, doch Daja packte sie und zog sie zurück.
»Alles bestens«, sagte Polyam unfreundlich, sobald sie wieder stand.
Daja verstand und trat zurück. Polyam wollte nicht, dass irgendjemand meinte, sie bräuchte Hilfe und Unterstützung.
»Ihr reitet gut«, sagte Daja und hoffte, dass sich ihre Gefährtin dadurch weniger hilflos fühlen würde.
Polyam schnaubte. »Auf kurzen Strecken, wie heute«, erwiderte sie und rieb sich die verkrampften Muskeln ihres Beinstumpfes.
Daja verzog das Gesicht. Sie hatte Polyam aufmuntern wollen, aber das war ja wohl misslungen. Stattdessen hatte sie sie an etwas anderes erinnert, das sie nicht mehr so gut konnte, und darüber hinaus noch etwas, worin zumindest Weiße Händler gut sein mussten.
Zu ihrer Überraschung gestand Polyam: »Ich verkrampfe mich. Es ist auf langen Reisen besser zu laufen.«
Die Worte entschlüpften Daja, bevor sie nachdenken konnte. »Was ist denn mit Euch geschehen? Wie ist das . . .« Sie

schluckte. »Es tut mir Leid. Es war sehr unhöflich von mir zu fragen. Es geht mich nichts an.«

Polyam starrte in die von der Hitze flirrende Luft, die von den Klippen auf der anderen Seite des Flusses hochstieg. »Ich war früher die beste Händlerin von Pferden, Maultieren und Kamelen in der Zehnten Karawane Idaram«, sagte sie träumerisch und es war offensichtlich, dass sie an bessere Tage dachte. »Vor ungefähr zwanzig Monaten überquerten wir die Osar-Berge in Karang. Es ist ein schlimmes Land, sehr schlimm. Eine Gerölllawine versperrte die Straße und ich versuchte unsere Pferde hinüberzubringen. Das Geröll war lose und rutschte weg. Ich wurde mit nach unten gerissen. Es war Schiefer – ein Stein, der in scharfe Stücke zerbricht. Er zerlegte mein Bein bis auf die Knochen und stach mir das Auge aus, zerfetzte meine ganze linke Seite.« Sie berührte die dicken Narben auf ihrer Wange.

»Bei Koma und Oti«, flüsterte Daja. »Eure Heiler konnten nicht helfen?«

»Sie sind Heiler, keine Götter«, erwiderte Polyam. »Danach konnte ich mit Pferden nicht mehr besonders gut umgehen. Du weißt ja, dass wir nur halb zugerittene Tiere nehmen, damit ihre Eigentümer sie zureiten können, wie sie wollen. Ich versuchte es, aber . . .«

»Das tut mir Leid«, sagte Daja.

»Du hast Mitleid mit mir?« Polyams Lächeln war verzerrt. »Zumindest bin ich immer noch Tsaw'ha.«

»Ist ein Wirok so viel besser als ein Trangshi?«

Polyam starrte Daja an, als sei das Mädchen verrückt geworden. »Was für eine dumme Frage! Natürlich ist es das! Natürlich!« Sie fuhr mit den Fingern über die Kappe auf ihrem Stab, als ob sie die Gravuren, die ihre Lebensgeschichte erzählten, zum Leben erwecken wollte. »Ich werde jeden Tag zu Koma und Oti beten, dass du einen Weg finden wirst, so viel Zokin zu verdienen, dass dein Name aus den Trangshi-Büchern gestrichen wird und du wieder zu unseren Leuten zurückkehren kannst.«

Daja legte ihre Hand über die Spitze ihres eigenen Stabes, um seine ungravierte Metallkappe nicht mehr sehen zu müssen. »Gibt es so viel Zokin in der Welt?«, fragte sie wehmütig.

»Es ist schon einmal geschehen«, sagte Polyam. »Es könnte wieder geschehen. Das Schiff oder die Karawane, die dir so viel schuldet, würden mir Leid tun, doch zumindest wärst du wieder unter deinesgleichen. Das ist es, worauf es ankommt.« Sie blickte Daja an und sagte scharf: »Möchtest du denn nicht zu den Tsaw'ha zurückkehren?«

Daja stieß mit dem Fuß nach der trockenen und sandigen Erde. »Ja, natürlich«, sagte sie automatisch. »Aber man kann nicht Tsaw'ha und Lugsha gleichzeitig sein, niemals.«

Polyam blinzelte. »Wenn du Tsaw'ha wärst, warum würdest du dann Lugsha sein wollen? Es gäbe keinen Grund . . .«

»Daja!«, rief jemand. Daja blickte hoch und sah Tris auf sie zurennen.

»Sie sind ganz in Ordnung«, bemerkte Polyam leise. »Aber man kann Asche nicht in Gold verwandeln und du kannst Kaqs nicht in richtige Menschen verwandeln.«

Tris blieb schwer atmend vor ihnen stehen. »Daja, hast du mich denn nicht rufen gehört? Warum bist du nicht gekommen?«

Daja sah sie mit funkelnden Augen an. »Wir haben uns unterhalten«, sagte sie nachdrücklich und leicht verärgert. Weshalb glaubte Tris denn, dass jeder alles stehen und liegen lassen musste, sobald sie nur rief?

»Aber es ist wichtig«, drängte Tris. »Du sagtest doch, dass du hier in der Nähe durch heiße Quellen hochgekommen bist, richtig? Erinnerst du dich, wo das war? Ist es hier in der Nähe? Briar kann sich nicht erinnern.«

Tris und ihre Fragen. Hörte sie jemals auf Fragen zu stellen?

»Daja . . .«

Tris würde keine Ruhe geben, bevor sie nicht ihren Willen bekommen hatte. Daja kniff die Augen gegen die Helligkeit des Gletschers zusammen und überflog die ansteigenden Felsen auf ihrer Seite des Flusses. Ein Stück weiter oben sah sie die grüne Linie des Kammes. Ein zottiges weißes Gesicht, lang und ernst und mit kleinen schwarzen Hörnern, starrte auf sie herunter. »Siehst du diese Großvater-Ziege dort? Ungefähr fünfzig Fuß weiter unten sind die heißen Quellen.«

Niko, Sandri und Briar, die eine vernünftigere Geschwindigkeit eingehalten hatten, kamen langsam auf sie zu.

»Wenn wir unsere Magie hätten, könnten wir herausfinden, wohin die Spalten unter dem Eis führen«, sagte Tris zu Niko.

»Seht ihr diese riesigen Felsbrocken, seht ihr die Linie, die sie bilden?« Niko deutete auf die Granitbrocken, die das Tal auf der einen Seite des Flusses begrenzten. Die Steine sahen aus, als ob eine mächtige Kraft sie zusammengeschoben hätte, bis ein Stück über das andere gerutscht war. »Daran sehen wir, dass zwei Teile der Erde gegeneinander schieben. Sie überlappen sich in diesem Teil des Tales.«

»Das verstehe ich nicht«, beschwerte sich Daja und stützte sich auf ihren Stab. »Was ist so wichtig an den heißen Quellen und Spalten im Fels?«

»Wasser«, sagte Briar. Er zog seine Schuhe aus, setzte sich auf einen Fels und senkte seine Füße in den Fluss – und zog sie mit einem Japser wieder heraus. »Das ist ja eiskalt!«

»Eisschmelze«, erinnerte Polyam ihn grinsend.

»Wasser«, sagte Tris gereizt, als sie sah, dass Daja immer noch nicht begriffen hatte, worauf sie hinauswollte. »Wie bekommen wir mehr Wasser in diesen Fluss und ins Goldkammtal? Hier haben wir mehr als genug davon in gefrorenem Zustand. Verstehst du, die heißen Quellen in der Nähe zeigen, dass die Lava nahe an der Oberfläche ist . . .«

»Wenn die Lava in Erdspalten fließt, die dorthin führen, wo der Gletscher am dicksten ist«, fügte Niko erklärend hinzu, »können wir das Eis dazu bekommen, schneller zu schmelzen.«

Jetzt verstand Daja. »Es wird nach unten in den See fließen und das Goldkammtal hat wieder Wasser.«

»Niko sagt, manche Teile des Gletschers sind tausende Fuß dick«, erklärte Tris. »Das ist wohl genug Gewicht, um die Lava davon abzuhalten, durch die Eisschicht zu brechen.

Sonst hätten wir einen Vulkanausbruch, was wir nun wirklich nicht wollen.«
»Vergiss nicht, dass wir auch aufpassen müssen, wie viel Eis schmilzt«, führte Niko aus. »Zu viel Hitze, und wir laufen Gefahr alles zu überfluten oder Schlammlawinen auszulösen.«
Polyam blickte sie mit einem merkwürdigen Gesichtsausdruck an, ihr gutes Auge wanderte nervös von Gesicht zu Gesicht. »Ihr redet darüber, die Kräfte der Erde zu gebrauchen, als ob man einen Hammer benutzen wollte, der mal eben parat liegt«, sagte sie und blickte Daja an.
»Das ist es letztlich, was sie tun«, erklärte Niko ihr nachsichtig.
»Wenn es eine Möglichkeit gibt, mehr Wasser ins Goldkammtal zu holen, sollte Ihre Hochwohlgeborene Inoulia das erfahren«, bemerkte Sandri mit einem Gähnen. »Sie kann im Augenblick gute Nachrichten gebrauchen.«
»Ich dachte, du magst sie nicht«, sagte Niko und seine Augen blickten amüsiert.
»So ist es«, gab Sandri zu. »Aber ihre Leute sind sehr nett, und alles, was wir tun können, nützt auch ihnen.«
Damit kehrten sie alle zum Rastplatz zurück. Als sie oben auf dem Hügel angelangt waren, blieben sie stehen. Lerche kniete auf der Decke und betrachtete die Kupferknospe. Jetzt winkte sie die anderen näher.
Die Blume war gewachsen. Der Stängel, den Daja in die Erde gesteckt hatte, war dicker geworden und zwei weitere Stängel wuchsen aus der Erde nahebei. Alle drei hatten sich in

kleinere Zweige mit Blättern verzweigt. Eine Knospe formte sich bereits am Ende des mittleren Stängels.

Daja fiel neben Lerche auf die Knie. Vorsichtig betastete sie die Blütenblätter der ersten Knospe. Sie waren unverändert. Anders als der eiserne Rebstock hatte die Kupferblüte kein Metall verloren. Die neuen Schösslinge waren aber trotzdem kräftig.

Daja schüttelte den Kopf und blickte zu Niko hoch. »Da ist jetzt vielleicht viermal so viel Kupfer wie in der Blüte, die ich vom Schloss mitgebracht habe. Sie kann sich das Kupfer doch nicht aus der Luft holen!«

»Denk nach, woher bekommen Pflanzen, was sie zum Wachsen brauchen?«, fragte Briar sie eifrig.

»Aus dem Boden«, murmelte Sandri. »Sie bekommen es aus dem Boden.«

»Aber der Boden ist nur Erde«, protestierte Tris.

Daja konnte kaum mehr atmen, so aufgeregt war sie. »Außer wenn er metallhaltig ist«, sagte sie zu Tris. »Das Gewächs bekommt das Kupfer aus . . .«

»Kupfer?«, flüsterte Tris.

»Eine Menge Kupfer«, sagte Daja mit einem Grinsen.

»Bist du sicher?«, fragte Polyam.

Frustriert setzte sich Daja zurück auf ihre Fersen. »Wenn ich meine Magie hätte, könnte ich die Kupferquelle bis tief in die Erde verfolgen!«

»Ich bin sicher«, sagte Niko und stand auf. »Dieses Ding hat eine Kupferader gefunden und darin gewurzelt.«

»Ihre Hochwohlgeborene Inoulia sollte sofort benachrichtigt werden«, meinte Lerche. »Sicher wird sie Soldaten schicken wollen, um dieses Stück Land zu bewachen. Und vielleicht sollte einer von uns hier Wache halten, während die anderen zurückkehren, um die Kupferpflanze vor irgendwelchen Rohlingen zu beschützen.«

»Das wird nicht nötig sein.« Niko machte einen Schritt zurück und holte tief Luft. Lerche zog oder winkte alle von der Kupferpflanze weg.

»Was macht er?«, flüsterte Polyam den anderen zu.

Es war Tris, die antwortete. »Seine Magie liegt nicht nur darin, magische Dinge zu sehen. Er kann auch die Wahrnehmung der Menschen verändern. Und er kann sogar Dinge selbst verändern.«

»Scht«, befahl Niko, ohne die Augen zu öffnen. Er presste seine Hände zusammen und senkte den Kopf. Weißes Feuer strömte in den Raum zwischen ihm und der Kupferpflanze. Es sank zu Boden und hüllte das Metall ein, formte einen Zylinder, der wuchs, bis er fast fünf Fuß hoch war. Äste drängten sich heraus und Zweige und Blätter wuchsen. Das weiße Feuer wurde schwächer und von brauner oder grüner Farbe ersetzt. Schließlich ließ Niko die Hände sinken und öffnete die Augen. Vor ihm stand ein Baum, so perfekt, dass niemand ihn für das Werk von Magie gehalten hätte.

»Sehr hübsch«, sagte Briar beifällig. »Das hätte ich selbst nicht besser machen können . . .«

»Hättest du selbst gar nicht machen können«, murrte Tris.

Briar achtete nicht auf sie. »Aber Ihr würdet nie eine Korkeiche in dieser Gegend finden. Zu kalt.«

Niko sah auf Briar herunter. »Wie bitte?«
Briar zuckte mit den Schultern. »Ich dachte ja nur, ich sollte es vielleicht erwähnen.«
Niko blickte wieder zu dem Baum, der sofort erbebte und zu einem Pinienschössling mit langen Nadeln wurde. »Besser?«, fragte er und ging weg, um seinen Sattel und sein Zaumzeug zu holen. »Wenn wir jetzt mit der Haarspalterei fertig sind, würde ich gerne ins Goldkammtal zurückkehren!«
Grinsend wandte Briar sich ab, um sein eigenes Pferd zu satteln.

Als sie die Gegend erreicht hatten, wo der Fluss in das Goldkammtal mündete, sahen sie, dass der Rauch noch dichter war als vorher. Tris band sich ein feuchtes Taschentuch über Nase und Mund. Bald tat jeder außer Daja es ihr nach.
Polyam lenkte ihr Pferd zwischen Daja und Tris, die die schlechtesten Reiterinnen waren, um ihnen zu helfen ihre Ponys ruhig zu halten. »Wie hoch ist denn nun der Preis für deinen Rebstock?«, fragte sie Daja und das feuchte Tuch dämpfte ihre Stimme. »Die Zehnte Karawane Idaram wird nur noch einen Tag hier sein, dann müssen wir weiterziehen.«
»Ich dachte an zwei Goldmajas«, erwiderte Daja ernsthaft und sah Polyam an. »Das würde Euer Zokin noch erhöhen, nicht wahr?«
»Was für eine Tsaw'ha bist du denn?«, wollte Polyam wissen. »Hier geht es nicht um mein Zokin, sondern um deinen

Gewinn! Du weißt so gut wie ich, dass Gilav Chandrisa glaubt, sie könne für das Gebilde mindestens sechs Goldmajas erhalten.«

»Ich brauche im Augenblick nicht viel Geld«, sagte Daja mit einem Schulterzucken. »Wenn ich weiß, was ich tue, und wenn ich Dinge erschaffe, weil ich sie erschaffen will, und nicht aus Zufall, dann werde ich mehr verlangen. Es ist nicht richtig, auf Grund von etwas reich zu werden, was eigentlich ein Versehen war.«

Sandri hatte Mitleid mit Polyam, die Daja mit offenem Mund anstarrte. »Warum bezahlt Ihr nicht zwei Goldmajas und drei Goldsterne?«, schlug sie vor. »Das ist über ein halber Maja mehr – die anderen werden denken, Ihr habt gefeilscht, bis Daja völlig mürbe war und schließlich in den Preis einwilligte.«

Daja grinste Polyam an. »Sie hat Recht, wisst Ihr. Euer Zokin wird höher als je zuvor sein. Ihr werdet als der hartnäckigste Wirok nördlich des Achatmeeres bekannt werden.«

Sie diskutierten weiter, während sie durch das Tal ritten. Plötzlich schrie Lerche entsetzt auf.

Etwa hundert Meter vom nächsten Wachturm entfernt war ein Garten voller Mandelbäume. Sein einziger Schutz gegen Feuer war ein Saum aus trockenem Gras, vielleicht dreißig Fuß breit. Funken und brennende Grasbüschel wehten bereits auf die Bäume zu.

Lerche tastete nach ihrer Satteltasche und murmelte etwas. Niko hielt sie mit einer leisen Bemerkung zurück, als Yarrun zwischen den Bäumen hervor auf das Gras zugeritten kam. Er hielt sein Pferd an und warf sein Feuer löschendes Pulver in die Luft. Sein Pferd, schien es, war an diese Kunststücke gewöhnt, denn es blieb ganz ruhig stehen und zuckte nur kurz mit den Ohren.

Yarrun murmelte etwas in einer unbekannten Sprache und malte mit den Fingern Zeichen in die Luft, genau wie er es an ihrem ersten Abend im Goldkammtal getan hatte. Wieder ging das Feuer aus. Der Magier sank über dem Sattelknauf zusammen. Lerche drängte ihr Pferd zur Brücke, um nachzusehen, ob mit Yarrun alles in Ordnung war, aber er richtete sich auf und schüttelte den Kopf. Er tastete in seiner Satteltasche herum, holte eine Flasche heraus und schraubte den Verschluss ab. Dann prostete er Niko zu.

»Na, was sagt Ihr?«, rief er und seine Stimme war rau. »An der Lichterbrücke wollten sie mir keinen Lehrstuhl geben, nein, aber hier könnten sie ohne mich nicht zurechtkommen!«

Schaudernd wandte Lerche ihr Pferd und drängte es die Straße hinauf zum Schloss. Schweigend folgte der Rest des kleinen Zuges. Niko bildete diesmal das Schlusslicht und er drehte sich noch einige Male um und sah zu der einsamen Gestalt am Flussufer zurück.

9

Der Einzige, der den Ritt genoss, war Briar, doch auch er war ruhelos. Als sie an den Safranfeldern vorbeikamen, sahen sie Rosendorn, die mit einigen Bauern auf den Feldern arbeitete. Briar gefiel es gar nicht, sie dort schuften zu sehen.

Sobald die Gruppe das Schloss erreicht hatte, teilte sie sich. Niko ging, um mit der Hochwohlgeborenen Inoulia verschiedene Dinge zu besprechen. Polyam kehrte zu ihrer Karawane zurück, um über die Ergebnisse ihrer Bemühungen Bericht zu erstatten. Lerchenfroh und die vier jungen Magier gingen in die Zimmer, die man ihnen im Schloss zugewiesen hatte. Kleiner Bär war da, um sie zu begrüßen, und er war ganz außer sich vor Freude.

Sobald jeder saß, holte Sandri den zusammengelegten Webstuhl hervor. Sie machte ein Ende des Webstuhls am Tischbein fest und glättete die Webarbeit.

Briar stellte überrascht fest, dass er dieses Stück Stoff nicht ansehen mochte. Die geisterhaften Farben bewegten sich unter seinem Blick. Kleiner Bär schnüffelte an dem Stoff, machte dann einen großen Satz und brachte sich in Sicherheit. Danach hielt er immer Abstand.

Sandri betrachtete ihr Werk, rieb ihre Augen und sah wieder darauf. »Lerche?«

»Wir müssen noch etwas tun, um es stabil zu machen«, sagte Lerchenfroh. Sie öffnete den Lederbeutel, den sie bei sich trug, wo immer sie auch hinging, holte eine lange, dünne Viole heraus und schüttete ein Häufchen farbiges Pulver in ihre Hand.

»Was ist das?«, wollte Tris wissen.

Lerche lächelte. »Es ist pulverisierter Feuerstein, Glanzeisenerz, Engelwurz, Sternanis und Lotos«, erwiderte sie. »Wenn ich Magie in einem Stoff sehen will, dann füge ich das hier dem Stoff hinzu. Auf diese Weise können wir die Karte betrachten, die Sandri angefertigt hat.«

Sie kniete sich neben die Webarbeit und bedeutete Sandri, das Gleiche zu tun. »Streck deine Hände aus«, befahl sie. Als Sandri gehorchte, goss Lerche das Pulver in Sandris offene Hände. »Du musst das Pulver auf die Webarbeit streuen. Versuche alles, was du gewebt hast, damit zu bedecken. Hast du mich verstanden?«

Sandri schloss die Augen und nickte.

Das Pulver blitzte auf. Briar, Daja und Tris bedeckten ihre Augen. Kleiner Bär floh in ein anderes Zimmer. Es war für die anderen unmöglich zu sehen, was Lerche und Sandri taten, aber sie fühlten es. Tris' Zähne schmerzten. Briars Nase lief, er tastete nach einem Taschentuch. Ein heftiger Schmerz breitete sich in Dajas Magen aus. Sie krümmte sich zusammen und hielt sich den Bauch. Sie hörten Sandri krampfhaft husten.

Der Schmerz und der Druck hörten schließlich auf. Das Licht verschwand.

»Autsch«, sagte Daja schwach und richtete sich auf.

Briar sprang auf die Beine und schnäuzte sich.

»Entschuldigt mich«, sagte Lerche schwach und würgte krampfhaft. Sie rannte eilig hinaus.

Sandri versuchte aufzustehen und fiel gegen den Tisch. Sie klammerte sich voller Panik daran, während sie darum kämpfte, ihre Knie nicht einknicken zu lassen. In diesem Augenblick wäre sie nur allzu glücklich gewesen, diese besondere Webarbeit nie mehr ansehen zu müssen. Sie hatte das Gefühl, die Fäden seien durch ihre Venen ersetzt worden. Sie blickte kurz zu Tris. Diese hatte die Hände noch nicht von den Augen genommen.

»Tris«, krächzte sie. »Alles in Ordnung?«

»Sag mir, dass du nicht wusstest, dass es so schlimm sein würde«, kam die geflüsterte Antwort.

»Ich hatte keine Ahnung, dass es . . . dass es so viel Kraft haben würde.« Das war Lerche, die zurückgekommen war und sich am Türrahmen festhielt. Sie wischte sich mit einem nassen Taschentuch übers Gesicht. »Es war niemals vorher so heftig.« Sie räusperte sich. »Das liegt an euch vieren. Ihr seid von Anfang an schon stark gewesen. Dann wurdet ihr zusammengesponnen und noch stärker gemacht.«

Sandri wischte sich mit dem Ärmel übers Gesicht und blickte auf den Stoff, den sie gewebt hatte. Jetzt waren die Farben kräftig, dabei hatte sie doch ungefärbten Faden genommen. Sie konnte außerdem ganz deutlich erkennen, was aus der Magie jedes Einzelnen geworden war. Für etwa einen Zoll waren ihre Streifen klar und gleichmäßig, so gerade, als seien sie mit einem Lineal gezogen worden. Danach fingen dünne Fäden an, die Grenzen zwischen den Farben zu überschreiten. An dem Punkt, wo sie vier oder fünf Zoll Stoff gewebt hatte, waren die Fäden bereits hoffnungslos verworren und Grün, Orange, Weiß und Blau formten eine wie Seide glänzende Lage über dem Kettfaden. Sie ging mit dem Gesicht ganz nahe an den Stoff, um herauszufinden, was unter dieser weichen Lage lag, doch das gelang ihr nicht.

»Das erklärt vieles«, kommentierte Lerche. »Eure Kräfte wieder zu trennen wird noch Tage dauern. Du fängst jetzt mit dem zweiten Seidenknäuel an. Jedes Mal, wenn ein Faden sich verselbstständigen will, musst du aufhören und ihn zurück zu seinem Kettfaden führen.«

»Werden wir dann wieder so sein wie zu Anfang des Sommers?«, wollte Tris wissen. »Ich nur Wettermagie, Sandri nur Fadenmagie . . .«

»Es gefällt mir nicht, wenn Blitze aus mir rausspringen«, sagte Briar, »aber das Durcheinander war nicht ganz und gar schlecht.«

»Mir gefällt es, Feuer zu weben«, stimmte Daja ihm zu. »So habe ich zum Beispiel eine Lampe für mich gemacht, als ich in Kahlibs Schmiede war, und das Viereck, das ich gestern gewebt habe, hat sich auch als sehr nützlich herausgestellt.«

»Können wir dann nicht mehr in Gedanken miteinander sprechen, wie wir es jetzt können?«, fragte Tris. »Das hat angefangen, nachdem Sandri unsere Magie bei dem Erdbeben zusammengesponnen hat.«

»Ich weiß es nicht«, gestand Lerche.

»Und dieses lebende Metallding ist auch recht nützlich«, gab Briar zu bedenken. »Denkt nur daran, wie viel die Händler für den eisernen Rebstock bezahlen wollen.«

»Aber etwas muss unternommen werden«, erinnerte Lerche sie. »Eure Kräfte müssen kontrolliert werden können. Das wisst ihr.«

»Wie wäre es, wenn ich einfach dieses Durcheinander wieder in Streifen bringe und die Fäden davon abhalte, sich selbstständig zu machen?«, fragte Sandri. »Ich könnte zwischen jedem Streifen eine Barriere weben. Unsere Magie wird dann immer noch zusammen sein, aber wenn jeder Streifen eingebunden ist . . .«

». . . dann werdet ihr in der Lage sein eure Kräfte zu kontrollieren«, murmelte Lerche nachdenklich und fuhr mit den Fingern durch ihre glänzenden Locken, während sie ruhelos auf und ab ging. Sie blickte auf den Stoff und seufzte. »Warum habe ich nicht daran gedacht?«

»Das hättet Ihr ganz sicher noch«, protestierte Sandri. »Vielleicht bin ich mit Euch verwoben.« Sie grinste Lerche schelmisch an.

»Ich werde die Angelegenheit mit euren Lehrern besprechen«, entschied Lerche. »Wenn sie einverstanden sind, könnte Sandri noch heute Abend damit anfangen, Eure Fä-

den zu entwirren. Wenn ich es recht bedenke, sollte ich sofort ins Dorf gehen und mit Eisenbart reden.«
»Ich werde Niko suchen«, bot Tris an.
»Habt ihr alle noch diese Fadenknäuel, die ich euch gegeben habe?«, wollte Lerchenfroh wissen. Die vier jungen Magier wühlten in verschiedensten Taschen und holten sie hervor.
»Sehr gut. Behaltet sie bei euch.« Lerche sah zum Webstuhl. »Lasst uns das hier für den Augenblick wegräumen. Die Emanation verursacht mir Zahnschmerzen.«
»E-ma-na-tion.« Briar wiederholte das Wort ganz langsam. »Das bedeutet einen Stau von Gefühlen, ja? Es strahlt magische Gefühle ab.«
»Genau«, sagte Lerche und zwickte ihn in die Nase. »Wir werden noch einen Gelehrten aus dir machen.«

Daja war ruhelos. Ein Teil des Nachmittags war noch zu ihrer freien Verfügung. Nachdem sie ungefähr eine Stunde lang im Schloss umhergelaufen war, kehrte sie in ihr Zimmer zurück, um eine Feile und die Nägel zu holen, die sie am Vortag angefertigt hatte. Sie konnte ja wenigstens die Spitzen schärfen. Sie schaffte es sogar, etwa ein Dutzend zu bearbeiten, bevor ihr die Arbeit unerträglich wurde. Sie warf die Feile quer durchs Schlafzimmer und stapfte wieder hinaus, wobei sie Briar und Tris ignorierte, die erstaunt von ihrer Arbeit aufblickten.
Der Anblick von Briar und Tris, die weitere Brandsalbe herstellten, verschlechterte Dajas Laune nur noch. War ihnen denn nicht klar, dass das eine völlig unsinnige Beschäfti-

gung war? Yarrun würde keinen Brand außer Kontrolle geraten lassen!
Was sie wollte – und was sie nicht haben konnte –, war das Meer. Dort sollte sie jetzt eigentlich sein, an einer Schiffsreling, mit dem Wind im Gesicht, die saubere Salzluft einatmen, während das Schiff durch die Wellen pflügte. Wie war es nur dazu gekommen, dass sie in diesem blöden Bergtal festsaß? Wenn sie schon nicht Tsaw'ha sein konnte, könnte sie doch wenigstens zu Hause, im Verschlungenen Kreis sein, wo sie auf der Mauer stehen und diesen wundervollen Geruch nach Meer einatmen konnte.
Auf der Mauer hier roch es wahrscheinlich nach Feuer. Na ja, das würde genügen müssen. Feuer war ihr Freund und half ihr das einzig Wichtige zu tun, das die Tsaw'ha ihr nicht genommen hatten.
»Wenn du einen guten Ausblick haben möchtest, versuch es doch auf dem Ausguckturm«, riet ihr ein Bediensteter, als sie nach der Richtung fragte. »Es ist zwar jemand oben, der die Brände beobachtet, aber er hat sicher nichts gegen Besucher.«
In der Hoffnung, dass der Wächter nicht allzu gesprächig war, machte sich Daja auf den Weg. Die Wachen vor der Tür des Turmes ließen sie passieren, ohne zu fragen, was sie dort oben wollte. Sie stieg und stieg und stieg. Völlig außer Atem erreichte sie schließlich das Ende der Treppe. Die Tür nach draußen war offen, und als sie hindurchging, stand sie vor einem winzigen Pavillon in der Mitte der breiten Plattform. Die Festungsmauer war so hoch, dass sie Daja bis zur

Brust reichte. Durch die Schießscharten in der Mauer blies ein heftiger Wind.

Es ärgerte sie, dass sie Hemmungen hatte ganz an den Rand zu treten. Hatte sie nicht oft genug im Dritten Schiff Kisubo im Ausguck gestanden? Sie machte einen Schritt von der Tür weg und dann noch einen. Der Boden war ermutigend fest unter ihren Füßen.

»Es ist gar nicht so schlecht hier.« Yarrun kam von der anderen Seite der Plattform langsam auf sie zu. Der Wind zerrte an seiner Tunika und seinem Hemd; sein Haar war zerzaust. »Und der Turm steht schon seit über einem Jahrhundert.« Er hatte eine Flasche in der Hand, aus der er gierig trank.

Daja runzelte die Stirn – trank er etwa Alkohol? Das Letzte, was irgendjemand brauchen konnte, war ein betrunkener Feuermagier. Es stand ihr nicht zu, einen Älteren zu tadeln, doch da die Bevölkerung in diesem Tal von ihm abhängig war, gefiel ihr der Gedanke, dass Yarrun ein Trinker sein könnte, ganz und gar nicht.

Ihre Höhenangst schwand. Sie ging zur Mauer und sah hinunter. Die Umgebung unter ihr wirkte wie ein Flickenteppich aus Obstgärten, Feldern, Dörfern und Weiden. Der ausgetrocknete See war eine Pfütze in der Mitte des Teppichs. Überall waren schwarze Flächen. Hier hatten Grasfeuer gebrannt. An vielen Stellen loderten noch kleinere Feuer, besonders auf den Wiesen in der Nähe des Schlosses. Gleich unterhalb des Turms, im nördlichen Drittel des Tales und auf jeder Seite, befanden sich moosgrüne Waldgürtel, die auf dem Land wuchsen, das zu steil war, um von Bauern bestellt zu werden. Über allem lag ein blasser grauer Rauchschleier.

»Alles, wovon die Einheimischen reden, ist der Wohlstand durch Kupfer und Safran.« Yarrun war neben sie getreten. »Diese Bäume – sie sind auch Wohlstand, und zwar in Holz, Harz und Nüssen. Man könnte von diesem Wohlstand sogar leben, wenn es sein müsste. Und diese Frau sagt mir, ich solle es brennen lassen!«

»Rosendorn kennt sich mit Pflanzen sehr gut aus«, erwiderte Daja vorsichtig. »Das ist ihre Magie.«

»Magie!«, murrte er. »Magie kann nicht den Platz des Lernens einnehmen, Kleine. Dieses Gerede von Erdrhythmus und Natur ist Torheit. Man muss die Natur studieren, um richtig zu verstehen, wie die Welt funktioniert. Wenn du dich nur auf Eingebung oder Magie verlässt, wirst du glauben, dass Tiere wirklich weise sind, und nicht, dass sie lediglich gelernt haben, dass es dir gefällt, wenn sie etwas Bestimmtes tun. Du wirst glauben, dass nur die richtigen Zeremonien sicherstellen, dass die Sonne jeden Tag aufgeht, wie die Menschen des Kurchal-Reiches es einst glaubten.« Er hob seine Flasche und nahm einen tiefen Schluck.

Daja sah ihn missbilligend an.

Er sah es und hob die Flasche. »Ich würde dir ja etwas anbieten, aber es wäre nicht gut für dich. Dies ist ein starker Yanjing-Tee, schwarz wie Kohle und mit Stimulanzien wie Fingerhut versehen.«

»Es ist kein Alkohol?«, fragte sie misstrauisch.

»Alkohol wäre fatal. Er zerstört die Konzentration und hemmt die Reflexe.«
Daja lehnte sich an die Mauer und starrte schweigend ins Tal. Yarrun schwieg ebenfalls. Sie schielte einmal in seine Richtung und bemerkte, dass er zitterte. Ob das an seinen Stimulanzien liegt?, fragte sie sich, doch dann verdrängte sie diese Gedanken und hielt ihr Gesicht in den Wind.
Die Nachmittagssonne stand über den Bergen. Im Westen war bereits ein breites Schattenband zu sehen. Die beiden Wachtürme dort wirkten wie Spielzeuge. Daja konnte winzig kleine Punkte sehen. Das mussten Rosendorn und die Bauern sein, die von den Safranfeldern zurückkehrten. An den Waldrändern waren Männer und Jungen dabei, Feuerbarrieren auszuheben, um die vorrückenden Grasfeuer von den Bäumen fern zu halten.
Yarrun war ruhelos. Er ging hinüber auf die andere Seite der Plattform, doch er blieb nur ein paar Minuten dort, dann kam er bereits wieder zurück.
»Darf ich eine Frage stellen?«, sprach Daja ihn an.
»Frag, was du willst«, erwiderte er geistesabwesend und starrte auf die Feuerbarrieren. »Ich kann dir natürlich keine Antwort versprechen.«
Erwachsene! Warum waren sie immer so kompliziert? Daja verzog das Gesicht. Da Yarrun mit dem Rücken zu ihr stand, sah er es nicht. »Warum habt Ihr am ersten Abend, als wir hier waren, das zu Niko gesagt?«, wollte sie wissen. »Dass er nichts tun könnte, um die Brände aufzuhalten? Warum seid Ihr über ihn verärgert?«

Yarrun drehte eine weitere Runde auf der Plattform. Er schwieg so lange, dass sie schon glaubte, er würde nicht mehr antworten. Sie überlegte gerade, ob sie wieder nach unten gehen sollte, da sagte Yarrun: »Du und deine drei Freunde, ihr seid so jung. Jung und mit ungewöhnlicher Magie ausgestattet. Ihr seid zu beneiden.«

Zu beneiden? Daja dachte an Briar, der heimlich um verbrannte Krokusse trauerte. Was war mit Tris, die in drei von vier Nächten schreiend aufwachte, weil sie von den Sklaven träumte, die ertrunken waren, als sie Blitze auf die Schiffe der Piraten geschleudert hatte? Oder Sandri, die einen Stein mit sich trug, der so besprochen war, dass er immer Licht abgab, weil sie im Dunkeln von schlimmen Erinnerungen heimgesucht wurde? Und was war mit ihr selbst, Daja Kisubo – trangshi für immer?

Yarrun, der keine Ahnung hatte, was ihr durch den Kopf ging, fuhr fort: »Menschen wie ihr und Niklaren Goldauge werden niemals nur einfach Magier sein. Ihr müsst nicht Tag und Nacht an gewöhnlichen Sprüchen arbeiten – wobei unsere Welt nicht ohne solche Sprüche auskommt. Sprüche, die verhindern, dass das Essen schlecht wird, oder Sprüche, um Verbrecher zu finden. Normale Magier leben in schäbigen Zimmern. Sie müssen sich abmühen für Unterkunft und Essen. Und in dem Augenblick, in dem jemand wie Goldauge in die Stadt kommt, interessiert sich keiner mehr für diese Magier.«

Inzwischen tat es Daja bereits Leid, dass sie Yarrun überhaupt gefragt hatte.

Doch er war noch nicht fertig. »Ich habe zwanzig Jahre gearbeitet, nachdem ich die Universität verlassen hatte, bin durchs Land gereist und habe versucht einer der Großen zu werden. Warum auch nicht? Ich war gut. Also musste ich nur den richtigen Gönner finden. Jedes Mal, wenn mein Vater schrieb, hieß es: ›Wenn du aufhörst dir etwas vorzumachen und eine richtige Arbeit willst, komm nach Hause.‹ Und das tat ich schließlich. Ich kam nach Hause und erstickte die Brände in Nord-Emelan. Und hier bin ich, besitze Magie, für die nur wenig andere das Talent haben, während meine Herrin Niklaren Goldauge an den besten Tisch setzt und mich zu ihm. Mein gewöhnlicher Platz, wenn keine großen Magier zu Besuch sind, ist gleich oberhalb des Salzfasses, bei dem Kämmerer und dem Aufseher.« Er trank aus seiner Flasche und lächelte bitter. »Jetzt bedauerst du, dass du gefragt hast.«

»Aber nein«, log Daja.

Yarrun drehte die Flasche um – sie war leer. »Ich muss die hier neu füllen. Wenn ich du wäre, würde ich beten, dass niemand auf die Idee kommt zu denken, Schmiedemagie sei gewöhnlich, oder du wirst zu deinem Bedauern erfahren, dass ich Recht habe.« Er verließ sie und ging in das Innere des Turms.

Daja kaute an ihrem Daumennagel. War es nicht dumm, sich über Ruhm Sorgen zu machen? Was nützte es, sich über jemandes anderen Magie aufzuregen? Es war etwas, was man entweder hatte oder nicht hatte, auch wenn Yarrun glaubte, es ginge nur darum, den richtigen Spruch zu lernen. Und sie würde alles in einem Atemzug aufgeben, wenn sie wieder Tsaw'ha sein könnte.

Sandri webte.

Anfänglich nahm sie noch wahr, was um sie herum geschah: Briar und Tris stellten Salbe her, Daja ging weg und Lerche kehrte zurück. Jemand fütterte Kleiner Bär; sie roch das Futter. Kreisch saß auf dem Stab am anderen Ende des Webstuhls und kreischte; als sie ihn nicht fütterte, flog er davon. Schließlich verschwand nach und nach alles um sie herum, während sie wie besessen weiterarbeitete. Sie fühlte sich wie ein Glas, das mit Licht gefüllt war. Unter ihren Fingern zuckte das Muster, als sei es lebendig. Das war die Magie, die sich nicht beherrschen lassen wollte. Sie kämpfte gegen Sandris Griff, doch Sandri gab nicht nach. Die Zeit zum Spielen war vorbei.

Was war damals eigentlich geschehen? In einem entsetzlichen Augenblick der Angst, als die Erdmassen um sie herum sie, ihre Freunde und ihren Hund zu zerquetschen drohten, hatte Sandri die Fäden ihrer Macht zusammengesponnen, um sie stärker zu machen. Es war ihnen tatsächlich gelungen, gegen das Erdbeben anzukämpfen, und sie hatten überlebt. Doch dann hatten sich die Dinge nicht so weiterentwickelt, wie sie sollten.

Sandri war es damals gewesen, die die Magie vereint hatte. Es war nur recht und billig, dass sie die Magie auch wieder trennte.

Hier war Briars Faden, auf seinem eigenen Weberschiffchen, nicht mit den Fäden der drei Mädchen verzwirnt. Er roch wundervoll nach feuchter Erde und Kräutern, nach Aloe und Pinien und einer Blumenwiese. Sein Seidenfaden enthielt die Erinnerung daran, wie Briar ein Taschenmesser auf den Fingerspitzen balancieren konnte. Das Licht wechselte und Sandri sah nun Briars graugrüne Augen vor sich. Eine Geisterhand zupfte an einem ihrer Zöpfe, seine Lieblingsbeschäftigung, wenn sie gerade nicht hinsah.

Jetzt fehlte nur noch die Einfassung – ein einfacher weißer Baumwollfaden auf einem winzigen Weberschiffchen. In ihren Gedanken sah Sandri ihn als eine Wand, die Briar auf seiner Seite hielt, Tris auf der anderen. Nach zehn Längsfäden legte sie dieses Weberschiffchen beiseite und nahm das nächste auf, dasjenige, das Tris' Faden hielt. Er war aus Seide, mit dem Schimmer des Mondscheins darin. Jetzt musste Sandri sich ganz auf Tris konzentrieren.

Sich Tris ins Gedächtnis zu rufen war leicht. Dieser Faden verkörperte rotes Haar, dessen Locken gekürzt worden waren, damit nicht länger kleine Blitze darin entstehen konnten, wenn Tris die Beherrschung verlor. Hier waren der Geruch nach alten Büchern und ein Hauch Holzpolitur, denn Tris mochte Hausarbeit. Hier waren sturmgraue Augen, die sanfter wurden, wenn Tris das Fell von Kleiner Bär bürstete und dachte, niemand sonst sähe, wie sehr sie den tollpatschigen Hund liebte.

Rasch erreichte Sandri das Ende von Tris' Streifen. Auch diesmal umwebte Sandri den Faden mit einer einfachen weißen Einfassung.

Jetzt musste sie sich an ihren eigenen Streifen machen. Ohne Vorwarnung überflutete Sandris alter Albtraum ihren Verstand. Ihre Eltern lagen zusammen auf einem Bett, die Haut übersät mit Pockennarben, und sie stanken nach totem Fleisch.

Sandri versuchte sich von dieser Erinnerung zu befreien, stolperte jedoch sofort in die nächste: Ein fensterloser Raum. In seiner Mitte befand sich ein Seidenzopf, der Licht abstrahlte: ihre erste Magie. Sie hatte sie geschaffen, um die Dunkelheit abzuhalten, eine Magie, von der sie nicht einmal wusste, dass sie sie besaß.

Aber der Seidenzopf hatte angefangen zu glühen und er hatte ihr Licht gespendet in ihrem Verlies, bis Niko sie daraus befreite. »Ich habe nach einem Schatz gesucht«, hatte er einmal gesagt, doch eigentlich war es ihr Schatz: Ein neues Leben und Magie und Freunde, die mehr wert waren als alles andere.

Jetzt war sie am Ende ihres eigenen Streifens, sie hatte ihr Weberschiffchen gefüttert, ohne sich dessen bewusst zu sein. Sorgfältig fügte sie eine weiße Baumwolleinfassung an ihren Streifen, dann nahm sie das Weberschiffchen mit Dajas Faden auf.

Daja war einfach zu weben. Daja war das Meer. Sie war das Feuer in der Schmiede und ein Stab mit einer ungravierten Kappe. Sie war Sandris erste Freundin im Verschlungenen Kreis; sie war heißes Metall und Karmesinrot, die Trauerfarbe der Händler. Sandri versah auch Dajas Stoffteil mit einer weißen Einfassung.

Ihr Rücken schmerzte. Sie musste sich strecken. Als sie mit einem Stöhnen aufstand, roch sie den Duft von Essen. Jemand hatte ein Tablett auf dem Tisch gelassen mit einem Krug voll Saft, einem Teller mit Couscous und Hühnchen, einer Schüssel würziger Erbsen und einer Schale mit ungesäuertem Brot. Mit den Fingern fasste sie das Couscous, wie es die Leute in Bijan und Sotat taten, und schob es in den Mund. Mit der anderen Hand griff sie nach dem Krug und wollte sich einen Becher Saft eingießen.

»Wenn du gestattest«, sagte eine samtweiche Stimme und eine Hand hob den Krug. Sandri zuckte zusammen und verschluckte sich. Ihr Onkel klopfte ihr fest auf den Rücken, bis sie wieder Luft bekam, dann bot er ihr einen Becher Saft an. Sie trank ganz langsam, knallrot vor Verlegenheit, dass er sie gesehen hatte, wie sie sich so unfein benahm.

»Ich wollte dich nicht erschrecken«, sagte Herzog Vedris und setzte sich.

Sandri räusperte sich. »Wie lange bist du denn schon hier?«

»Schon einige Zeit«, gab er zu. »Ich wollte dich nicht stören. Es war faszinierend, dir zuzusehen – weißt du, dass du richtiggehend geglüht hast?«

Sandri schüttelte den Kopf, immer noch rot.

»Iss weiter.« Er nickte zum Essen. »Du siehst hungrig aus.«

»Das bin ich«, gab sie zu und setzte sich auf einen Stuhl. Sie nahm ihre Serviette und wischte sich sorgfältig die fettigen Hände ab. »Müsstest du nicht beim Abendessen sein?«

»Es ist schon seit einer Stunde vorbei.« Seine tief liegenden braunen Augen funkelten vor Vergnügen. »Deine Freunde

wollten lieber spazieren gehen, statt dich zu stören. Habe ich die Geweihte Lerchenfroh richtig verstanden? Sie haben keine Magie, bis du mit dem hier fertig bist?« Er legte geschickt das Essen für sie auf einen Teller und reichte ihn ihr.
»Gar keine«, stimmte sie zu und nahm ihre Gabel mit der angemessenen Geziertheit. Sie begann zu essen, schnell, aber manierlich.
Der Herzog sagte noch eine Weile nichts, goss sich aber selbst Saft ein. Als Sandri fast die Hälfte von dem, was er vor sie gestellt hatte, aufgegessen hatte, holte sie tief Luft und lehnte sich zurück. Ihr Onkel blickte durch die Tür, die auf den Balkon hinausging. Der Rauch, der mit der Nachtbrise hereinwehte, schien ihn nicht zu stören.
Es gab etwas, was sie fragen wollte. »Was hättest du für Goldkamm tun können? Oder wäre es sehr schlimm gewesen, wenn wir das Kupfer nicht gefunden hätten?«
Der Herzog schwieg.
»Es ist gut, dass wir das Kupfer gefunden haben«, beantwortete Sandri sich ihre Frage selbst. Viele Leute sagten, es sei unmöglich, ihren Großonkel zu durchschauen, doch sie hatte keine Mühe seine Gedanken zu erraten.
»Meine Schatzkammer ist ziemlich leer«, gab er zu. Mit einem Seufzer drehte er sich um und sah sie direkt an. »Die Schäden durch das Erdbeben und die Angriffe der Piraten haben meine Reserven erschöpft, und die Mittel, die ich noch habe, können nicht nur in Goldkamm verteilt werden, sondern müssen für alle Ländereien im Norden reichen.

Wenn hier wieder Kupfer gefördert werden kann, kann es gegen Lebensmittel gehandelt werden – wenn man tatsächlich genug aus dieser Ader schöpfen kann. Es bleibt nur noch wenig Zeit, bevor der Winter diese Berge von der Außenwelt abschneidet.«

Sandri hob den Deckel der Schüssel, sah den leckeren Pudding und begann ihn mit großem Appetit zu essen. »Ich bin froh, dass wir helfen konnten, Onkel.«

Der Herzog zog liebevoll an einem ihrer Zöpfe. »Ich auch. Du und deine Freunde, ihr habt mir eine unangenehme Entscheidung erspart, zumindest für Inoulias Land.«

Sobald das Essensgeschirr abgeräumt war, brachten einige Leute Musikinstrumente in die Haupthalle und begannen zu spielen. Als der Herzog zurückkehrte, war Niko gerade dabei, mit einigen magischen Tricks die Gäste zu unterhalten. Lerchenfroh jonglierte mit Tellern und bekam viel Applaus. Zwei Wachen führten einen Schwerttanz vor und bald kamen noch andere Leute nach vorne und stellten ihre Talente unter Beweis, mit dem Ergebnis, dass es sehr spät war, als Daja, Tris, Briar und ihre Lehrer in ihre Zimmer zurückkehrten. Sandri lag zusammengerollt in einem Sessel und schlief. Ihr Webstuhl lag flach auf dem Boden. Von den grünen, weißen, blauen und orangeroten Streifen ging ein schimmerndes Licht aus. Zwischen jedem Streifen befanden sich feste weiße Barrieren aus Baumwolle.

Daja kniete sich nieder und presste eine Hand auf den Streifen, der wie das Herz einer Flamme glühte. Sie spürte die

Hitze von glühender Kohle auf ihrer Handfläche, eine Wärme, die ihren Arm hinaufstieg und sich in ihrem ganzen Körper ausbreitete. Ihre Venen füllten sich mit Feuer. Ihre Magie brannte wieder in ihr.

Briar legte seine Handfläche auf den grünen Streifen, Tris auf den weißen. Magie durchdrang auch ihre Körper. Daja blickte zu Sandri und merkte, dass diese ihre Magie bereits wieder zurückgewonnen hatte.

»Hoffen wir, dass eure Magie tatsächlich wieder getrennt ist«, sagte Rosendorn.

»Das werden wir herausfinden müssen«, meinte Niko.

»Können wir das bitte erst morgen herausfinden?« Briar gähnte ausgiebig.

Tris stolperte ohne ein Wort zu irgendjemandem in ihr Zimmer. Daja nickte Eisenbart zu und folgte Tris.

»Geh zu Bett, du Bengel«, sagte Rosendorn mit einem belustigten Blick zu Briar. »Wir haben noch den ganzen Winter Zeit, um deine Kräfte zu erforschen.«

Eisenbart hob Sandri auf, die etwas Unverständliches murmelte. »Schlaf weiter, Weberin«, sagte er leise. »Du hast heute die Arbeit eines Riesen geleistet.«

10

Am nächsten Tag nach dem Frühstück beschloss Daja ihren eisernen Rebstock noch ein letztes Mal richtig anzusehen, bevor die Händler ihn abholten. Auf Zehenspitzen schlich sie sich in den Schlafraum der Mädchen – Sandri war noch nicht wach –, holte das Gebilde und brachte es in den Wohnraum. Sie stellte den Rebstock auf einen Holzstuhl und betrachtete ihn und ließ ihre Finger über jeden Stängel, jedes Blatt und jede Blüte gleiten. Er hatte Polyams Kupferschale nun völlig verzehrt und das Metall in Blüten verwandelt.
Daja stellte fest, dass der Rebstock die Grenze seines Wachstums erreicht hatte. Damit die Knospen sich entwickeln konnten, brauchte er weiteres Eisen. Doch irgendetwas stimmte nicht mit ihm, das fühlte sie, aber sie kam einfach nicht darauf, was es war.
Das Metall fühlte sich jedoch gut unter ihren Händen an. Sie schloss ihre Augen, um sich auf die Kraft zu konzentrieren, die durch den Rebstock floss. Obwohl das nicht die Art von Magie war, die sie als Eisenbarts Schülerin lernte, war sie ihr vertraut. Ob sie so etwas wohl noch einmal machen konnte? Konnte sie anderes lebendes Metall schaffen?
Briar hatte zugesehen, wie sie den Weinstock untersucht

hatte. Als sie aufblickte, meinte er: »Er muss umgetopft werden. Besser gesagt, er braucht überhaupt erst einmal einen Topf. Und irgendetwas stimmt nicht mit ihm.«
»Glaubst du?«, fragte sie.
»Ich weiß es.« Er deutete mit dem Kopf auf den Wein und hob die Augenbrauen. Daja nickte und verstand. Sie trat zurück, damit er ihre Schöpfung untersuchen konnte. Briar befühlte und betrachtete den Rebstock genau wie sie. Als er zum Stamm kam, hob er den ganzen Rebstock an. »Ich weiß jetzt, was nicht stimmt. Er hat keine Wurzeln.«
»Braucht er sie denn?«, fragte sie.
»Tja, die Blüte, die du gestern in den Boden gesteckt hast, hat jedenfalls ganz schnell welche wachsen lassen.« Rosendorn und Tris waren hereingekommen. Briar fragte Rosendorn: »Braucht das Ding hier nicht auch Wurzeln?«
»Wenn es weiterleben soll, dann ja. Ein Topf würde auch nicht schaden.« Rosendorn zog ein paar Kupfermünzen aus ihrer Gürteltasche. »Aber es muss ein Tontopf in der Größe eines Scheffelkorbs sein. Das hier müsste reichen, wenn der Töpfer nicht ein Wucherer ist.«
»Ich kann es Euch zurückzahlen, wenn ich das Geld von Polyam bekommen habe«, bot Daja an.
Rosendorn winkte ab. »Das ist mein Beitrag zu diesem« – sie blickte auf den Rebstock und suchte nach einem Wort – »Experiment. Hast du etwas Eisen, um es mit in den Topf zu geben?«
»Ich habe noch Reste von den Nägeln, die ich gemacht habe.« Daja ging sie holen.

Als sie zurückkam, stand Tris neben Briar und betrachtete den Rebstock. »Von oben sieht er aus wie ein Zyklon«, sagte sie und deutete auf die Stelle, wo die Äste vom Hauptstamm abzweigten. »Seht ihr? Die Eisenstangen im Stamm drehen sich alle in die gleiche Richtung. Es sieht aus wie ein Trichter. Oder wie ein Wasserstrudel.« Die rauchige Luft brachte sie wieder zum Husten. Rosendorn reichte ihr stirnrunzelnd einen Becher mit Saft.

Lerchenfroh gesellte sich zu ihnen. Auch sie betrachtete den Rebstock. »Für mich ähnelt das Gebilde einem Garn«, sagte sie. »Der Stamm ist ein dickes, aus vielen verzwirbelten Fäden bestehendes Garn.«

»Er braucht trotzdem Wurzeln«, sagte Briar. »Komm schon, Daja. Gehen wir zum Töpfer.«

»Glaubst du, die Eisenreste werden ihm genug Nahrung geben?«, fragte sie, während sie hinter ihm hertrottete.

»Sie müssten eigentlich reichen, außer die Händler wollen ihn noch nicht gleich verkaufen.« In der Halle draußen wurde er langsamer, damit sie mithalten konnte. »Sag Polyam einfach, sie sollen ihm immer wieder Eisen geben. Hast du die Kraft in seinem Stamm gespürt?«

Daja dachte kurz nach. »Er ist jung«, antwortete sie langsam. »Im Augenblick ist er voller Feuer und das Kupfer nährt das auch. Seine eiserne Natur dürfte sich jedoch in ein oder zwei Monaten durchsetzen. Er ist nur jetzt so lebendig, weil Magie darin liegt.«

Sie polterten die Stufen hinab und zur Tür hinaus. Der Haupthof war voller Flüchtlinge. Die zwei jungen Magier

duckten sich und schlängelten sich an den Leuten und Wagen vorbei.
Der Töpfer verkaufte ihnen nicht nur einen runden grünen Topf der richtigen Größe, er gab ihnen auch etwas von seinem nicht mehr ganz frischen Lehm. Daja verbrachte die nächste Stunde damit, Rosendorns Anweisungen zu befolgen. Sie gab Kies zuunterst in den Topf für eine Dränage, dann eine Lage Lehm, eine Lage mit Eisenresten, dann wieder eine Lage Lehm und so weiter, bis der Rebstock fest eingepflanzt war und sein Gewicht durch den Topf gehalten wurde.
»Wenn du den Handel nicht schon abgeschlossen hättest, würde ich sagen, du solltest den Tsaw'ha für den Topf und den Lehm noch etwas berechnen«, meinte Briar, als sie fertig waren. »Du willst doch nicht, dass sie denken, du gibst ihnen ständig etwas umsonst.«
»Ich denke, zumindest Polyam weiß, dass ich das nicht tun werde«, sagte Daja trocken. »Und es hört sich so an, als ob sie wieder mit uns Geschäfte machen wird.«
»Nur schade, dass sie sich dann jedes Mal anmalen und qunsuanen sein muss«, sagte Tris krächzend. Rosendorn hatte ihr befohlen einen von Sandris dünnen Gazeschals über Mund und Nase zu tragen.
»Wer hätte gedacht, dass du auf dieser Reise so viel Händlersprache lernen würdest«, zog Lerche sie auf.
Sie konnten Tris unter dem Schal grinsen sehen.
»Daja, bist du fertig?«, fragte Niko von der Tür aus. »Tris und ich brauchen dich, damit du uns den Weg zeigst, den du

unter der Erde genommen –« Er begann zu husten. Als er seinen Atem wieder gefunden hatte, fuhr er flüsternd fort: »Wir müssen die heißen Quellen in der Nähe des Gletschers finden. Und wo ist Sandri?«

»Immer noch im Bett«, antwortete Lerchenfroh. »Keine Sorge, es geht ihr gut, sie ist nur müde.«

Rosendorn war in dem Augenblick, als Niko zu husten anfing, in ihr Zimmer gegangen. Jetzt kehrte sie mit ihrem Sirup zurück. »Ich dachte mir doch, dass ich Euch letzte Nacht husten gehört habe. Trinkt das.« Sie goss etwas davon in eine Tasse und hielt sie ihm hin.

Niko sah die Tasse voller Widerwillen an, als ob man ihm stinkenden Fisch anböte. »Mir geht es gut. Ich bin völlig –« Er konnte den Satz nicht beenden, weil ihn ein starker Hustenanfall schüttelte.

»Es ist gar nicht so schlimm«, sagte Tris aufmunternd und kreuzte ihre Finger hinter ihrem Rücken. »Wirklich. Schmeckt nach . . . nach Mango.«

Niko sah sie an, nahm die Tasse und schüttete den Inhalt hinunter. Die vier sahen interessiert zu, als seine Wangen erst blass, dann knallrot wurden. »Das ist ja furchtbar!«, rief er aus und seine Stimme war ein dünnes Quieken.

»Vielleicht habe ich es mit einem anderen Sirup verwechselt«, meinte Tris, ohne eine Miene zu verziehen.

Daja holte einen weiteren von Sandris fein gewebten Gazeschals. »Wenn das so weitergeht, wird sie bald keinen mehr haben«, bemerkte sie fröhlich und reichte Niko den Schal. Er band ihn sich über Mund und Nase.

Rosendorn blickte zu Lerchenfroh. »Ich weiß, die Leute, die hier leben, müssen diese Luft ertragen, doch wir müssen das nicht«, erklärte sie. »Ich werde den Herzog fragen, wann er vorhat weiterzuziehen.«

»Er ist mit Ihrer Hochwohlgeborenen Inoulia in der Bibliothek«, sagte Niko und räusperte sich. Als Rosendorn das Zimmer verlassen hatte, sagte er: »Also los, Daja, wenn es dir recht ist?«

»Aber ich will nicht in die Lava«, protestierte sie. »Sie hätte mich das letzte Mal umgebracht, wenn mich nicht das Feuergitter geschützt hätte.«

»Ich kann die Lava im Zaum halten.« Eisenbart kam herein und rieb sich seine nasse Mähne mit einem Handtuch trocken. »Wir sind mit den Schmiedearbeiten für die Karawane fertig«, erklärte er. »Jetzt kann ich meine anderen Talente einsetzen.«

»Wird die Lava Euch nicht auch schmelzen?«, fragte Daja.

»Sie kann es ja versuchen«, sagte er mit einem Grinsen, setzte sich mit überkreuzten Beinen auf den Boden und winkte Daja zu sich. In dem Augenblick, als seine schwieligen Finger sich um ihre legten, ging es Daja bereits besser. Eisenbart würde nicht zulassen, dass ihr irgendetwas zustieß.

Niko und Tris gesellten sich zu ihnen. Sie wollten gerade beginnen, als Briar sie bat für ihn Platz zu machen. Er sei schließlich mit Daja unter der Erde gewesen, erklärte er; vielleicht würde seine Erfahrung auch von Nutzen sein. Lerchenfroh ging mit Kleiner Bär hinaus, um einen Spaziergang zu machen, damit er die anderen nicht störte und am Ende noch ihre Gesichter abschleckte, wie er es so gerne tat.

Alle fünf reichten sich die Hände, schlossen die Augen und atmeten tief ein, während sie bis sieben zählten. Sie hielten die Luft an, bis sie wieder bis sieben gezählt hatten, dann atmeten sie so langsam aus, wie sie eingeatmet hatten.

Briar, Daja und Tris waren sofort miteinander in ihrer Magie verbunden. Tris fragte sich, ob sie jemals wieder richtig getrennt sein konnten. Bald spürten sie die Annäherung von Niko und Eisenbart.

Daja, Briar? Zeigt den Weg, sagte Niko.

Zuerst war Daja sich des Weges nicht so sicher, bis sie sich daran erinnerte, dass sie sich nur fallen lassen musste. Die heißen Quellen füllten eine riesige Kammer in der Erde unter dem Schloss von Goldkamm. Sie raste hinunter durch einen Spalt, vorbei an Stein, Metall, Luft, mehr Stein, bis sie in eine riesige Felsenkammer gelangte. *Ich habe hier angefangen,* sagte sie und sah sich um. *Und hinaus bin ich durch eine dieser Quellen ...*

Diese, sagte Briar und wies die Richtung. *Ich sah sie dorthin verschwinden.*

Daja übernahm die Führung, als sie durch Wasser rasten, das viel heißer war als das, was ihre Körper hätten aushalten können. Als sie anfing die Hitze zu spüren, wurde sie langsamer. Diesmal hatte sie kein Feuergitter, das sie vor der Lava rettete.

Tris raste an ihr vorbei.

Nicht!, schrie Daja. *Dort wartet die Lava! Du wirst ...*

Die heiße vulkanische Masse erhob sich vor ihnen wie eine Wand. Daja zuckte zurück. Tris raste immer noch weiter, traf auf die glühende Wand und sank hinein wie ein heißes Eisen in Schnee.

Daja war wütend auf sich selbst und ärgerlich auf ihre Freundin. Wie konnte sie vergessen, dass Tris tief in der Erde zu Hause war? Es war einfach nicht gerecht! Sie war doch die Schmiedemagierin, nicht Tris Chandler – warum also konnte sie hier nicht überleben?

Ich weiß nicht, warum Tris sich hier so wohl fühlt, aber ich möchte hier raus, beschwerte sich Briar. *Wie können wir denn an diesem Zeug vorbeikommen?*

Vor ihm entstand ein großer, schildähnlicher Teller aus weißem Feuer.

Der Schild wird euch schützen, sagte Eisenbart. *Daja, erinnere mich daran, dass ich dir beibringe, wie du das selbst tun kannst.*

Briar und Daja versteckten sich hinter Eisenbarts Schild. Im gleichen Augenblick schwand der furchtbare Druck der unglaublichen Hitze. Sie spürten, wie die Hitze immer noch zunahm, während sie sich der Lava näherten, doch jetzt waren sie hinter dem Schild geschützt.

Wo geht es entlang, Daja?, fragte Eisenbart.

Sie deutete auf eine Öffnung über ihnen.

Tris, komm jetzt!, rief Niko. *Wir haben Arbeit zu erledigen!*

Sie rasten auf den Spalt zu, durch den Daja das letzte Mal entkommen war, und schlüpften hinein. Eisenbarts Schild verschwand. Jetzt, nachdem die furchtbare Hitze hinter ihnen lag, übernahm Daja gerne wieder die Führung. Offene Luft lockte und sie sprang dankbar heraus. Sie war über der Erde und in Sicherheit.

Eisenbart, Briar, Niko und schließlich auch Tris stiegen aus den unterirdischen Bergquellen. Ihren wirklichen Körpern wäre so etwas nie möglich gewesen, doch ihr magisches Bewusstsein vermochte dies. Das Wasser und der blubbernde Schlamm zeigten nicht einmal die kleinste Welle.

Das Gletschertal ist hinter diesen Bäumen, erklärte Daja den anderen. *Und was jetzt?*

Jetzt sehen wir nach, ob die Verwerfungen – die Spalten im Stein – von hier bis zu einem Ort weit unter dem Gletscher reichen, erklärte Niko. *Werdet ihr uns helfen, du und Eisenbart?*

Sie wollte hier bleiben, an der frischen Luft unter freiem Himmel. Bei dem Gedanken, wieder so nahe an die Lava zu kommen, fing sie an zu zittern.

Ich mache es, sagte Eisenbart.

Kann ich auch helfen?, wollte Briar eifrig wissen.

Das beschämte Daja – jeder wollte mitarbeiten, nur sie nicht. Sie nahm ihren ganzen Mut zusammen und folgte ihnen zurück in die Erde. Tris bildete das Schlusslicht.

Sie fanden bald eine ganze Reihe von Spalten in der Erde, die parallel zu den Bergen auf der Ostseite des Gletschers verliefen. Einige waren Sackgassen. Schließlich fanden sie jedoch einen tiefen Spalt zwischen zwei riesigen Granitfelsen, der Meilen unter dem Eisfluss verlief. Er reichte zurück bis unter die heißen Quellen des Berges.

Wir müssen sehr vorsichtig sein, erklärte Niko. *Wenn wir die Lava zu nahe an die Oberfläche bringen, besteht die Möglichkeit, dass sie durch den Gletscher hochschießt.*

Niko!, rief Tris aus. *Das Eis ist fast fünfhundert Fuß dick da oben! Und ich würde auch nicht viel Lava nehmen!*

Es gibt Gletscherspalten in diesem Eis, wandte Niko ein. *Sobald deine Lava in den offenen Himmel durchbricht, kannst du sie nicht mehr aufhalten.*

Es gab nichts, was Tris darauf sagen konnte. Sie hatte einmal versucht gegen die Kraft der Meereswellen zu wirken und es war ihr nicht gut bekommen.

Wir müssen erst darüber nachdenken, fügte Niko hinzu.

Warum haben wir uns denn dann überhaupt die Mühe gemacht herzukommen?, fragte Briar. Er wollte Rosendorn sehen und ihr sagen, dass im Eis winzige Pflanzen wuchsen. Er wollte nicht hier sein und warten, bis Niko nachgedacht hatte.

Weil wir eine Aufgabe haben, war die scharfe Antwort. *Müssen wir uns wieder einmal über Vorsicht im Umgang mit Magie unterhalten?*

Nein, Niko!, riefen Briar, Tris und Daja im Chor.

Dann fangt an den Boden zu erkunden. Wir alle fünf müssen das Eis und den Untergrund dieser Gegend praktisch auswendig kennen.

Als sie in ihre Körper zurückkehrten, war es beinahe Nachmittag. Polyam, Rosendorn und Lerchenfroh waren mit Kleiner Bär und Kreisch auf dem Balkon und unterhielten sich, während sie den Vogel mit kleinen Eierbällchen fütterten. Sobald sie ein Stöhnen vernahmen, als die fünf versuchten ihre steifen Körper wieder zum Funktionieren zu bringen, eilten sie hinzu, um ihnen beim Aufstehen zu helfen. Sandri, die gerade aufgewacht war, kam ebenfalls herbei, um zu helfen.

Sobald alle es bequem hatten, holte Polyam eine Holzkiste, die sie auf einen kleinen Tisch gestellt hatte. »Unsere Karawane wird heute Nachmittag weiterziehen, denn Meister Feuerzähmer hat uns versichert, dass die Grasfeuer in der Nähe der Südstraße erloschen sind«, verkündete sie formell. »Es ist Zeit, unseren Handel abzuschließen.«

Die Kiste war wunderschön, glänzendes, geschnitztes Holz mit Perlmutteinlagen. Als Polyam sie öffnete, konnte man sehen, dass sie mit weichem schwarzem Samt ausgelegt war.

Vorsichtig stellte Daja den eingetopften Rebstock auf den großen Tisch. Polyam öffnete den Lederbeutel, der in der Kiste lag, und holte fünf Goldmünzen heraus. Zwei hatten einen Durchmesser von drei Zoll, eher die Größe eines Medaillons als von Münzen. Auf einer Seite war das Wappen des regierenden Herzogs von Emelan zu sehen: ein Schiff mit einem Leuchtturm auf jeder Seite, das Symbol für Schutz, und darunter eine Spirale. Auf der anderen Seite war der Hafen abgebildet, seine Öffnung auf der Linken von einem breiten, rechteckigen Turm bewacht und zur Rechten von einem schmalen, spitzen Turm, der auf einem Fels stand. Es war das Abbild des Hafens von Sommersee.

»Da soll mich doch der Blitz treffen«, murmelte Briar. Es juckte ihn in den Fingern, die Münzen zu nehmen. Wie viele Leute bekamen in ihrem Leben schon einen Goldmaja zu sehen? Mit der bedeutungsvollen Langsamkeit, die die Zeremonie verlangte, legte Polyam jeden einzelnen Maja vor die Pflanze. Daneben legte sie drei kleinere Münzen, Goldsterne.
»Ich bin zufrieden«, antwortete Daja automatisch, obwohl sie es nicht war. Das Geld hatte sie niemals richtig interessiert, nur die Möglichkeit, wieder mit einer Händlerin zu reden. Wenn Polyam und ihre Karawane weiterzogen, war Daja wieder allein unter Kaqs.
Briar sammelte die Münzen auf und reichte sie Daja. Sie drehte den Kopf weg. Nach einem kurzen Zögern reichte Briar sie Lerche, die sie in ihre Gürteltasche steckte.
Als Polyam den Rebstock betrachtete und seufzte, sagte Daja schnell: »Ich werde Euch helfen ihn zur Karawane zu bringen. Wir können eine Schubkarre nehmen. Und ich würde gerne ein Stück mit der Karawane gehen – ich meine dahinter, mit Polyam«, sagte sie und blickte um Erlaubnis bittend zu Eisenbart und Niko. »Ich bin wieder zurück, bevor es dunkel wird.« Als sie zögerten, fügte sie hinzu: »Wenn es sicher genug ist, dass die Karawane weiterziehen kann, ist es doch bestimmt für mich sicher genug, ein Stück mitzulaufen.«
»Hier seid ihr alle!« Ihre Hochwohlgeborene Inoulia stand in der offenen Tür. »Seid ihr hungrig? Ich wünsche, dass Ihre Hochwohlgeborene Sandrilene und Ihr verehrten Magier – die kleinen Schüler natürlich auch – zum Mittagessen auf

unserem Aussichtsturm meine Gäste seid. Yarrun möchte uns etwas zeigen. Unser verehrter Herzog Vedris hat meine Einladung bereits angenommen.« Sie blickte zu Polyam und fügte hinzu: »Ich weiß, Eure Karawane wartet schon darauf, sich endlich auf den Weg machen zu können, Wirok.«

Daja blickte zu Boden und biss die Zähne zusammen bei Inoulias herablassenden Worten und der unverhüllten Entlassung Polyams. »Ich muss leider ablehnen«, sagte sie kühl. »Ich helfe Polyam von der Zehnten Karawane Idaram ihre Ware zu ihren Leuten zu bringen.« Und ich hoffe, sie hauen Euch übers Ohr und Eure Kinder und Eure Enkel bei jedem Handel, den Ihr mit ihnen abschließt, fügte sie in Gedanken hinzu. Kaq!

Die anderen drei Kinder sahen aus, als ob sie sich ziemlich unwohl fühlten, aber anders als Daja hatten sie keine Entschuldigung parat. Niko nahm die Einladung für alle an und erklärte, dass sie zum Turm kämen, wenn die Mittagsglocke läutete.

»Die hier solltest du behalten«, sagte Polyam und schob Daja die Holzkiste zu. »Die Karawane würde sie nur verbrennen und das wäre ein Jammer um die schöne Arbeit. Außerdem liegt ein Päckchen Händlertee unter dem Samt – ich musste ihn rausschmuggeln.«

»Vielen Dank«, flüsterte Daja.

»Und ich danke dir«, sagte Polyam förmlich. Sie verbeugte sich vor Lerchenfroh, Rosendorn, Niko und Eisenbart. »Es war mir eine große Ehre, Euch kennen zu lernen. Eure Namen habe ich schon seit vielen Jahren im ganzen Land gehört. Welch ein Vergnügen war es festzustellen, dass Ihr alle das Lob verdient, das Euch gezollt wird, und sogar noch mehr.«

Die Angesprochenen verbeugten sich. »Mögen Eure Wege leicht und Eure Gewinne stets groß sein«, antwortete Lerchenfroh in Händlersprache.

Polyam zuckte mit den Schultern. »Ich bezweifle das«, sagte sie trocken und fasste ihren Stab. »Ich werde jetzt wieder ein Wirok sein – zuvor muss ich allerdings erst zehn Tage lang der Karawane folgen und mich in jedem See und Fluss waschen.« Sie blickte zu Dajas Freunden. »Wir werden uns wieder sehen. Der Gilav will den Verschlungenen Kreis zu einer Station auf unserer Route machen.«

Sobald Daja die Pflanze in die Schubkarre geladen hatte, verbeugte sich Polyam linkisch und ging.

Lerche seufzte. »Wenn wir Ihrer Hochwohlgeborenen Inoulia und ihrem Hofmagier Gesellschaft leisten sollen, müssen wir uns jetzt wohl fein machen.«

Als Daja und Polyam aus dem Waldstück gleich unterhalb des Schlosses auf die Lichtung neben der Hauptstraße kamen, konnte Daja sehen, dass die Zehnte Karawane Idaram bereit war abzureisen. Alle Tiere waren gesattelt, alle Waren gepackt. Einige der Händlerfamilien nahmen ein kaltes Mittagsmahl ein, Kinder behielten die Ziegen, Pferde oder eine Kuh im Auge. Mütter verteilten Essen und aßen selbst mit ihren Säuglingen, die sie bereits in Tüchern auf den Rücken gebunden hatten. Männer und Jungen überprüften ih-

re Waffen. Selbst die Hunde wussten, dass sie in der Nähe bleiben mussten.
Daja hielt unterhalb der Bäume an und kämpfte gegen einen Kloß an, der sich in ihrer Kehle breit machte. Die Art des Reisens in einer Karawane war zwar anders als auf Händlerschiffen, aber einige Dinge waren gleich: Ob Weiße oder Blaue Händler, sie befestigten dicke blaue Troddeln und Bänder mit Glocken an ihrem Pferdegeschirr, um Dämonen abzuschrecken. Die Kleinkinder trugen Bänder um die Handgelenke und jedes Kind unter zwei Jahren hatte winzige goldene Ohrringe mit Glöckchen. Viele Mädchen trugen ein Fußkettchen mit winzigen Glöckchen, die Jungen kobaltblaue Bänder um die Handgelenke. Die Männer und die meisten Kinder hatten enge Beinkleider und Tuniken an, die bis zum Oberschenkel reichten; Frauen und ältere Mädchen kleideten sich in weite Röcke, kurzärmelige Blusen und lange Westen. Bis das Schiff ihrer Familie gesunken war, hatte Daja ihr ganzes Leben unter Leuten zugebracht, die sich fast genauso angezogen und geschmückt hatten.
»Hier drüben«, sagte Polyam und ging zu einem kleinen, klappRIGEN Karren. Das Gefährt und der alte Esel, der es zog, standen in der Nähe der Bäume. Als Daja den Karren ansah, musste sie verblüfft blinzeln. Das Holz war in strahlendem Gelb gestrichen und gelbe Troddeln hingen am Geschirr des Esels.
»Ich werde den Esel auch reinigen müssen«, murrte Polyam, während sie Daja half die Pflanze hinten in ihrem Gefährt zu verstauen. »In jedem Teich und jedem Fluss.«

Daja stieg in den Karren, um den Topf festzubinden. Sie befestigte die Seile mit schnellen, stabilen Seemannsknoten. Während sie arbeitete, hielt sie den Kopf gesenkt, damit sie die Händler nicht sah, die einander etwas zuraunten und von ihr wegblickten.
»Tut es Euch Leid, dass dies hier passiert ist?«, fragte sie Polyam mit leiser Stimme.
Polyam lehnte sich gegen den Karren. »Nein«, antwortete sie ebenso leise. »Es hat mich dazu gebracht, zu schätzen, dass ich immer noch Tsaw'ha bin, das kann ich dir sagen.« Sie blickte zu ihren Leuten. Eine Ecke ihres breiten Mundes verzog sich nach unten und machte ihr Gesicht plötzlich streng und hart. »Habt ihr nichts anderes, was ihr anstarren könnt?«, fragte sie laut. »Habt ihr noch nie vorher eine Trangshi gesehen?«
Daja warf einen vorsichtigen Blick zu den anderen Händlern. Plötzlich fanden sie eine Menge Dinge, die sie tun mussten, und drehten sich weg.
Ein schlanker Mann mit gefurchtem Gesicht, der den kurzen grün und orange gestreiften Umhang des Zugführers trug, hob seinen Stab und stieß einen hohen, langen, trillernden Ruf aus. Frauen überall in der Karawane stimmten in das Trillern ein, bis Daja dachte, die Bäume würden von diesem Geräusch anfangen zu zittern. Der Mann drängte sein Pferd vorwärts und führte die Karawane auf die Straße nach Süden. Eine Hand voll Reiter folgten. Danach kam der erste Wagen, der des Gilavs, der ein mit grellen Farben bemaltes Dach aus Segeltuch und ein Pferdegeschirr aus hell polier-

tem Messing besaß. Andere Wagen, Reiter und Leute zu Fuß setzten sich in Bewegung.

Polyam kletterte unbeholfen auf den Sitz des Karrens und fluchte, als ihr Holzbein sie behinderte. Inzwischen wusste Daja, dass sie ihr keine Hilfe anbieten durfte. Sobald Polyam sich richtig hingesetzt hatte, kletterte Daja neben ihr hoch und legte ihren eigenen Stab nach hinten in den Karren. Für einen kurzen, sehr kurzen Moment wenigstens war Daja Kisubo wieder eine Händlerin.

11

Es war ein auserlesenes Essen, mit dem der Tisch auf dem hohen Turm gedeckt war. Es gab zwei verschiedene Suppen, Wildbret, kaltes Hühnchen und frisch gebackene Brötchen. Ihre Hochwohlgeborene Inoulia wartete, bis alle entweder Wein oder Fruchtsaft serviert bekommen hatten, bevor sie sprach. Als all ihre Gäste volle Becher hatten, legte sie eine Hand auf Yarruns mit grünem Brokat bekleidete Schulter. Yarrun selbst lächelte verzerrt. Briar sah ihn an und runzelte die Stirn, denn der Magier zitterte von Kopf bis Fuß. Daja hatte erzählt, dass Yarrun anregende Mittel nahm. Hatte er zu viel davon genommen?

»Euer Gnaden«, sagte Inoulia zu Herzog Vedris, der daraufhin nickte, »Meister Niklaren, liebe Gäste. Seit diesem Morgen ist jedes Feuer im ganzen Tal – erloschen.«

Erwartet sie, dass wir applaudieren?, fragte Sandri ihre Freunde.

»Erloschen?«, fragte Rosendorn, die Augenbrauen leicht zusammengezogen. »Wirklich jedes?« Sie ging zur Brüstung. »Seid Ihr sicher?«

»Meine Herrin würde es wohl kaum verkünden, wenn es nicht so wäre«, erwiderte Yarrun gereizt. »Ihr habt die Zeit

Eurer Schüler vergeudet, als Ihr sie Brandsalben herstellen ließet. Die Grasfeuer haben ihre Nahrung aufgebraucht und die Wälder sind unberührt.«

»Ich bin der Meinung, dass mein Magier hervorragende Arbeit leistet«, sagte Ihre Hochwohlgeborene Inoulia. »Ich hatte gehofft, Ihr würdet das anerkennen.«

»Was, wenn Feuer in die unterste Lage der Mast gerät, tief unter den Bäumen?«, wollte Rosendorn wissen. »Es könnte tagelang dort unbemerkt schwelen und wachsen.«

»Ich sage Euch, so ist es nicht«, fuhr Yarrun sie an. »Warum könnt Ihr nicht zugeben, dass meine Magie Dinge vollbringen kann, die die Natur nicht kann?«

Lerchenfroh kam zum Geländer und stellte sich neben Rosendorn. »Es ist ein eindrucksvolles Glanzstück«, sagte sie, den Blick auf das Tal gerichtet. »Rosendorn wollte Euch das nicht streitig machen . . .«

»Wollte sie nicht?«, rief Yarrun aus.

»Wenn Ihr Euch nur beruhigen wolltet«, sagte Niko besorgt und seine buschigen Brauen waren zu einem Stirnrunzeln verzogen. »Setzt Euch doch . . .«

Yarrun war bleich und schwitzte. Er starrte Niko aus blutunterlaufenen Augen an. »Ich bin nicht einer Eurer Schüler, der getröstet werden muss«, zischte er.

Der Herzog setzte sich, den Blick auf die Magier gerichtet. Inoulia ließ sich graziös in den Stuhl neben ihm sinken. »Sie haben ihren Nutzen«, hörte Sandri sie zum Herzog gewandt murmeln, »aber wenn diese Leute in eine ihrer endlosen Debatten geraten . . .«

Tris wollte nichts von der Auseinandersetzung wissen. Sie ging zum östlichen Ende der Plattform und blickte über das Tal. Vor ihr lagen das Dorf und die Südstraße; dahinter sah sie dichten Wald und steil aufragende Berge. Hinter sich konnte sie hören, wie Niko leise auf Yarrun einredete und Lerchenfroh auf Rosendorn.

Briar ließ seine Lehrerin nicht aus den Augen, ging jedoch zum Tisch hinüber. Unter dem missbilligenden Blick der Bediensteten nahm er sich eine Hand voll Beeren. Sandri gesellte sich zu ihm, nahm jedoch nichts von dem Obst.

»Ich kann es kaum erwarten, bis wir endlich abreisen«, flüsterte sie ihm zu. »Ich habe genug von diesen Leuten.«

Briar grinste und legte eine Beere auf ihre Unterlippe. »Weit aufmachen«, befahl er.

Oh nein!, sagte eine magische Stimme.

Sie drehten sich um und starrten Tris an.

Oh nein, wiederholte sie. Sie schien nicht zu merken, dass Briar und Sandri sie hören konnten. *Nein, nein, nein . . .*

Hör auf damit!, befahl Briar, während er und Sandri zu ihr gingen. *Das ist idiotisch und du machst uns ganz –* verrückt, wollte er hinzufügen, doch der Anblick, der sich ihm bot, verschlug ihm die Sprache. Rauchwolken stiegen im östlichen Wald auf. Und das nicht am Waldrand in der Nähe des verbrannten Graslands und der Feuerbrecher, sondern an einer Stelle mitten im Wald.

»Jemand verbrennt Laub«, meinte Sandri.

Flammen schlugen jetzt hochauf. Der Rauch verdichtete sich.

»Rosendorn«, krächzte Briar. Er räusperte sich. »Rosendorn!«, wiederholte er, diesmal lauter. »Niko!«

Etwas in seiner Stimme ließ Rosendorn zu ihm eilen. »Du liebe Mila! Yarrun!«, schrie sie auf.

Jeder eilte zur Brüstung. Ihre Hochwohlgeborene Inoulia schnappte erschreckt nach Luft, als sie den Rauch mitten im Wald sah. »Tut etwas!«, befahl sie Yarrun.

Er sah sie verächtlich von der Seite an und fummelte in seiner Gürteltasche herum. Die schmale, runde Flasche, die er herausholte, stellte er auf die Brüstung.

»Wo kommt dieses Feuer inmitten des Waldes nur so plötzlich her?«, murrte er vor sich hin.

Niko trat neben ihn und schloss kurz die Augen. Die drei jungen Magier schirmten ihre Augen ab, als seine Magie aufblitzte. Blinzelnd sahen sie, dass Niko die Augen geöffnet hatte und seine Hände mit den Handflächen nach oben ausstreckte. Vor ihnen erschien ein Bild in der Luft. Sie sahen nicht Pinien und Laubbäume, sondern Zweige und Äste ohne Grün und einen Boden, der mit Unmassen von trockenem Bruchholz und einer glasigen Schicht bedeckt war. Ein mattes orangefarbenes Glühen lag unter der glasigen Schicht und breitete sich nach allen Seiten aus.

»Rosendorn hatte Recht«, sagte Niko geradeheraus. »Das Feuer kommt aus der Mast auf dem Waldboden. Ich bin kein Spezialist, aber ich würde sagen, dass es dort schon fast den ganzen Tag vor sich hin schwelt.«

»Unmöglich!« Yarrun strich sich das Haar mit zitternder Hand zurück. »Das hätte ich gespürt!«

Niko sah ihm in die Augen. »Hättet Ihr das wirklich?«, fragte er ruhig. »Selbst meine Schüler können sehen, dass Ihr völlig erschöpft seid.«

Yarrun biss sich auf die Unterlippe. »Ihr wollt mich versagen sehen.«

Niko sah ihn weiter an, die dunklen Augen ruhig, fast freundlich. Es war Yarrun, der schließlich wegblickte.

Sandri fasste Tris an der Schulter. Jetzt war schon in mehreren Baumkronen Feuer zu sehen. Der Rauch nahm zu. Ungeduldig schüttelte Tris Sandris Hand ab und ging auf Yarrun zu. »Könnt Ihr meine Kraft benutzen?«, fragte sie. »Ich kenne die Sprüche dafür nicht, aber . . .«

»Ich kenne sie«, sagte Niko. »Das ist eine gute Idee, Tris. Yarrun, Ihr könnt meine ebenfalls haben . . .«

»Die Götter mögen euch beide rösten!«, kreischte Yarrun und Schweiß tropfte von seinem Gesicht. »Ich brauche keine Hilfe.«

Gekränkt zog Tris sich zurück.

Yarrun schüttete ein Häufchen des glitzernden Pulvers aus seiner Flasche auf die Steinbrüstung. Mit zitternder Hand zog er einen Kreis darin und seine Lippen bewegten sich dazu. Das Pulver begann sich zu erheben, nicht mit der Brise, sondern gegen den Wind. Es schwebte in der Luft, dann setzte es sich wieder auf die Brüstung.

»Ich kann das vollbringen«, knurrte Yarrun. Es war nicht deutlich, zu wem er sprach, und keiner antwortete ihm. Mit der Hand schob er das Pulver zu einem Häufchen zusammen.

Niko trat einen Schritt zurück und zupfte Tris am Ärmel. Sie sah ihn mit einem verwirrten Stirnrunzeln an. Niko schürzte die Lippen und tat so, als ob er Luft vor sich herbliese. Tris erriet, was er wollte. Sie sollte Yarrun helfen.

Yarrun schnitt sich mit seinem Taschenmesser in sein linkes Handgelenk und ließ einige Tropfen Blut auf das Pulver fallen. Eisenbart wollte protestieren, hörte jedoch auf, als Niko es ihm bedeutete. Die einzigen Geräusche waren das Heulen des Windes und Yarruns röchelnder Atem. Der Magier schwankte, doch als Herzog Vedris ihn stützen wollte, schüttelte er dessen Hand ab.

Tris trat zurück in den Schatten des Pavillons. Sie griff in die Brise und fasste eine Hand voll davon.

Wieder zog Yarrun einen Kreis im Pulver. Diesmal folgte das feuchte Pulver seinem Finger. Er hob die Hände und seine Lippen bewegten sich. Das Pulver flog in die Luft und ordnete sich so an, dass es ein dünnes Band bildete.

Tris schleuderte ihre Hand voll Wind. Er zog das Pulverband mit sich. Inoulia und der Herzog spürten den Luftzug an sich vorbeiwehen, drehten sich um und starrten Tris an. Diese lehnte mit weggedrehtem Gesicht an der Mauer, als ob sie zu viel Angst hätte Yarrun zuzusehen. Inoulia richtete ihre Aufmerksamkeit wieder auf das Pulverband. Als Tris sich aufrichtete, sah sie, dass der Herzog sie beobachtete. Langsam zwinkerte er ihr zu. Dann ging er zur Brüstung.

Yarrun sang jetzt mit heiserer Stimme. Seine knochigen Finger fuchtelten in der Luft herum und hinterließen Lichtspuren. Seine Stimme wurde lauter, jeder trat von ihm zurück, als seine in die Luft geschriebenen Zeichen dem Pulver nachfolgten. Lauter und immer lauter sprach er und die letzten drei Worte schrie er fast. Er ließ die Arme sinken und schwankte.

Weit unter ihnen erlosch das Feuer.

»Aha!«, bellte er. »Und wieder habe ich es geschafft!«

Stumm deutete der Herzog auf einen Punkt westlich der Stelle, wo es in den letzten Tagen gebrannt hatte. Rauch stieg dort auf. Yarrun deutete darauf und kreischte etwas; der Rauch wehte auseinander. Ganz in der Nähe züngelten Flammen aus einer riesigen Eiche. Yarrun deutete darauf und deklamierte wieder; die Flammen verschwanden.

Neuer Rauch tauchte an vier Stellen in der Nähe der Bäume auf, die als Erstes gebrannt hatten. Yarrun hatte zwei der Brände erstickt, aber als er sich dem dritten zuwendete, war seine Stimme fast tonlos. Dann stolperte er, öffnete den Mund, – und brach zusammen. Eisenbart konnte ihn gerade noch auffangen und legte ihn vorsichtig auf den Boden. Yarruns Gesicht sah schrecklich aus. Blut rann aus einem Nasenloch, erst schnell, dann langsamer, und schließlich hörte es ganz auf. Yarruns Augen waren weit aufgerissen; die Äderchen in seinem linken Auge waren geplatzt, sodass das ganze Auge rot war. Er war tot.

Rosendorn kniete sich neben ihn und schloss sanft mit zwei Fingern seine Augen.

»Jetzt haben wir echte Probleme«, flüsterte Briar.

Inoulia beugte sich über die Brüstung, um nach unten in den Wald zu spähen. An mehreren Stellen waren Flammen zu sehen und der Brand breitete sich rasend schnell aus. »Könnt Ihr denn nicht helfen?«, fragte sie, ohne sich umzudrehen. »Ich weiß, dies ist nicht Eure Art von Magie, Meister Goldauge, aber kann nicht einer von Euch das Feuer löschen?«

»Einer von uns hat es versucht«, antwortete Rosendorn entschieden. Sie kniete immer noch neben Yarrun. »Ihr habt das Ergebnis gesehen. Ich habe ihn gewarnt. Ich sage es Euch jetzt noch einmal – es ist zu spät, das Feuer zu ersticken.«

Inoulia drehte sich verwirrt um. »Was meint Ihr? Es ist niemals zu spät, um ein Feuer . . .«

»Dieses Feuer schwelt schon seit Stunden«, sagte Eisenbart ruhig. »Je länger es brennt, desto mehr Stärke gewinnt es. Die Natur nimmt ganz langsam ihren Lauf, aber sie entwickelt ihre eigene starke Kraft. Jeder Magier, der wie Yarrun versucht dieses Feuer zu löschen, wird sterben.«

Inoulia verkrampfte die Hände ineinander. »Das Dorf«, sagte sie abrupt. Sie hob ihre Röcke und eilte die Treppe hinunter, ihre Bediensteten folgten ihr.

Niko und Lerche tauschten Blicke aus. »Bleibt hier«, befahl Niko den drei Kindern. Sie nickten und er und Lerche folgten Inoulia ins Schloss.

»Yarrun starb für sie«, sagte Sandri bitter. »Macht ihr das denn gar nichts aus?«

»Die Trauer muss warten, bis ihre Leute in Sicherheit sind«, erklärte der Herzog.

»Dann wird die Trauer noch lange warten müssen«, sagte

Rosendorn. Sie schlang die Arme um sich und ihr Gesicht war grau. »Das Feuer ergreift die Baumkronen.«

Eisenbart, der immer noch Yarrun im Arm hielt, sah sie stirnrunzelnd an. »Was bedeutet das?«

»Es wird an Geschwindigkeit zunehmen«, erklärte Rosendorn müde.

»Ich sollte vielleicht lieber sehen, was ich für Inoulia tun kann«, sagte der Herzog. Er drückte Sandri einen Kuss auf die Stirn und verließ die Plattform.

Briar, Tris und Sandri traten an die Brüstung. Die Baumspitzen standen in Flammen. Während sie noch hinunterblickten, übersprang das Feuer die Straße an drei Stellen und setzte die andere Seite des Waldes in Brand.

»Daja ist doch dort!«, rief Sandri entsetzt aus. »Daja und die Karawane!«

Zuerst hatte Daja den immer dichter werdenden Rauch ignoriert. Sie war zu beschäftigt damit, die Wagen und die Reiter zu betrachten und dem Stimmengewirr vor ihr auf der Straße zu lauschen.

»Ich bin froh, wenn wir endlich hier weg sind«, bemerkte Polyam nach einem Hustenanfall. »Als wir das letzte Mal hier waren, waren die Grasfeuer nicht so schlimm. Der alte Yarrun verliert langsam die Kraft.«

»Lasst ihn das bloß nicht hören«, erwiderte Daja.

Polyam schnaubte. »Früher war er stolz darauf, jedes Feuer im Tal zum Erliegen zu bringen. Einmal beschuldigte er den Koch, dass er ihm zu Mittag die Reste der Adligen gegeben hätte, und er erstickte jedes Feuer in der Küche. Nirgendwo sonst – nur in der Küche. So viel Kontrolle hatte er über das Feuer.« Sie blickte Daja von der Seite an. »Ich hoffe, du und deine Freunde, ihr werdet später nicht so hochmütig werden.«

»Wir machen viel zu viele Fehler, um hochmütig zu werden«, versicherte Daja ihr. Etwas störte sie schon seit längerem, doch jetzt konnte sie es nicht mehr ignorieren. Ihre linke Seite spannte und fühlte sich irgendwie merkwürdig an, als ob ...

Als ob ich in der Schmiede wäre und nahe am Feuer arbeiten würde, wurde ihr mit einem Mal klar.

Daja stützte sich trotz Polyams Protesten mit einer Hand auf deren Schulter ab, stellte sich auf die Fahrerbank und drehte ihr Gesicht gegen den Wind. Sie schickte ihre Magie in einem großen Bogen aus, wie Wellen auf einem See.

Sie spürte ein immer größer werdendes, völlig außer Kontrolle geratendes Feuer. Die Wucht des Gefühls ließ sie schwanken.

»Das ist nicht die Zeit für Kunstreiten!«, fuhr Polyam sie an. »Was hast du denn vor?«

Daja setzte sich. »Wie lange brauchen wir noch, bis wir aus dem Wald draußen sind?«, fragte sie. »Antworte mir, Polyam, schnell!«

»Es sind noch etwa drei Meilen. Warum?« Polyam hustete, als dicke Rauchschwaden sie einhüllten.

»Wir müssen umkehren«, befahl Daja.

»Umkehren? Warum denn nur?« Polyam war kaum in der Lage zu sprechen, so sehr musste sie husten.

Daja!, rief Sandri im selben Augenblick. *Ihr müsst umkehren! Der Wald brennt!*
Daja legte die Hände um den Mund. »Halt!«, schrie sie, so laut sie konnte. »Halt!«
Ein Junge schaute sich um, genau wie zwei Wagenlenker. Als sie sahen, wer gerufen hatte, drehten sie sich hastig weg.
»Polyam, sag es ihnen!«, schrie Daja aufgeregt.
»Was denn?«, wollte Polyam wissen. »Was soll ich ihnen sagen?«
»Der Wald brennt! Wir reiten direkt ins Feuer!« Als Polyam zögerte, fuhr Daja sie an: »Ich habe es von Sandri erfahren – sie kann es vom Schloss aus sehen!«
Polyam blickte zu den Bäumen und dem Rauch. Sie legte Daja die Zügel in die Hände und zog ihren Stab von der Ladefläche des Karrens. »Warte«, befahl sie ihr. Sie glitt von der Bank, landete auf dem Boden und taumelte. Dann gewann sie ihr Gleichgewicht zurück und humpelte die Straße entlang.
»Wo ist der Mimander?«, rief sie. »Alles anhalten! Ich brauche den Mimander, ich brauche den Gilav . . .« Sie blieb stehen, weil ein neuer Hustenanfall sie schüttelte. Als sie wieder Atem holen konnte, lief sie weiter und rief nach den Führern der Karawane.
Daja biss die Zähne zusammen. Alle ignorierten die gelb bemalte Polyam. Natürlich, dachte Daja grimmig; sie ist unrein, weil sie mit mir in Berührung gekommen ist. Sie werden sie nicht anhören, bevor sie nicht mich von ihrer Haut gewaschen hat.

Daja stand auf und holte tief Luft. Ihre Rippen verwandelten sich in einen Blasebalg – Rauch machte einem Blasebalg nichts aus – und dann schrie sie mit donnernder Stimme: »Haltet sofort an oder, bei Hakkoi, ich werde jeden Nagel in der Karawane verrosten lassen! Das kann ich tun!« Sie konnte es nicht, aber das wussten die Händler ja nicht. »Jeden Eimer, jeden einzelnen Ring!«

Die Wagen vor ihr wurden langsamer, dann hielten sie an. Na also, dachte Daja mit grimmigem Vergnügen. Man muss nur wissen, wie man mit ihnen zu reden hat. *Wo ist es?,* fragte sie ihre Freunde auf dem Turm. *Wo ist das Feuer?* War das ein orangefarbenes Flackern zu ihrer Linken?

Es ist ungefähr eine halbe Meile vor der Karawane und es kommt von Osten auf euch zu, erklärte Tris. *Und . . . und . . .* Ihre magische Stimme versagte.

Es hat die Straße vor euch übersprungen, sagte Sandri düster zu Daja. *Ihr seid abgeschnitten. Bring sie zum Halten oder sie werden direkt hineinreiten.*

Daja fasste die Zügel und sprang vom Karren. Sie zog den Esel mit sich, schloss zu dem Wagen vor ihr auf und band den Esel dort fest. Die Leute darin schimpften, dass ihr Wagen von einer Trangshi berührt worden war, aber Daja achtete nicht auf sie. Sobald der Esel sicher angebunden war, rannte sie nach vorne zur Karawane, wo Polyam die Führer anschrie.

»Ihr seid in großer Gefahr!«, rief Daja, als sie in Hörweite war. »Dreht um! Das Feuer ist über die Straße gesprungen!«

»Trangshi . . .«, fuhr Gilav Chandrisa sie wütend an, »du

hast uns alle angesteckt! War das die ganze Zeit schon dein Wunsch?«

»Es ist mir egal, ob ihr angesteckt seid oder nicht!«, schrie Daja. »Aber es ist mir nicht egal, dass ihr direkt ins Feuer reitet!«

»Wir waren zu nachsichtig«, begann Gilav Chandrisa.

»Genug«, sagte Polyam und ihre Stimme war so rau wie die einer Krähe. »Mutter, tu, was sie sagt.«

Gilav Chandrisa blinzelte Polyam an, die geradewegs zu den Pferden trat, die Chandrisas schönen Wagen zogen. Polyam fasste sie an den Zügeln und ließ sie wenden.

Der Zugführer drängte sein Pferd zurück und ritt die Wagenkette entlang, wobei er mit jedem Fahrer sprach. Langsam wendete einer nach dem anderen seinen Wagen. Übertriebene Hast, das wussten alle Händler, hatte nur ineinander verworrenes Zaumzeug und kaputte Räder zur Folge.

Daja ging zu Polyam. »Ihr habt nie gesagt, dass sie Eure Mutter ist«, sagte sie gedämpft.

»Dass der Berg mir mein Bein genommen hat, gereicht ihr nicht unbedingt zur Ehre«, war Polyams leise Antwort. Als sie sah, dass Daja auf der Straße nach Süden ging, fragte sie: »Wohin gehst du?«

»Ich will sehen, wie nahe das Feuer ist«, rief Daja zurück. Die Straße führte sie einen kleinen Hügel hinauf. Sie kam an eine schmale Brücke, die über einen ausgetrockneten Bach führte, stieg auf einen zweiten Hügel und blieb oben stehen.

Nicht einmal eine halbe Meile vor ihr brannte der Wald auf beiden Seiten der Straße. Auch die Erde brannte und Daja fielen Rosendorns Worte über die Mast ein. Klumpen aus brennenden Blättern – oder waren es brennende Eichhörnchennester? – wurden vom Wind an Stellen getragen, wo es noch nicht brannte. Innerhalb von Sekunden hatten sie einen neuen Brand ausgelöst.

Das Feuer rückte weiter vor und sein Prasseln wurde zu einem lauten Grollen, wie sie es nur einmal bei einem Erdbeben gehört hatte. Daja nahm einen Schluck aus ihrer Wasserflasche und überlegte angestrengt. Das Feuer würde die Händler einholen. Sie brauchten Zeit, um die Wagen und Tiere auf dieser eingesunkenen Fahrbahn zu wenden. Irgendwie würde sie das Vorrücken der Flammen aufhalten müssen.

Tris?, rief sie drängend. *Das hier ist etwas für dich.*

Daja spürte, wie Tris die Hand öffnete und ihre Finger sich um das warme und knochige Handgelenk eines Mannes schlossen.

Und für mich. Das war Eisenbart, der jetzt mit Tris verbunden war und so Daja hören und mit ihr sprechen konnte. Vor Erleichterung knickten Dajas Knie fast ein. Eisenbart würde alles in Ordnung bringen!

Eisenbart konnte nun das sehen, was Daja sah, und flüsterte: *Shurri und Hakkoi!* Er klang erschrocken.

Daja schluckte schwer. *Was soll ich denn machen?*, fragte sie ihn. *Wenn ich mich in einen großen Blasebalg verwandle und versuche das –*

Nein! Versuch keinesfalls das Feuer zurückzublasen, warnte er sie. *Was bei einer Kerzenflamme funktioniert, reicht hier nicht aus. Du würdest das Feuer nur noch weiter ausbreiten.*

Du musst es weben, erklärte Sandri, *wie du es an dem Tag gemacht hast, als Polyam dir ihre Schale gab. Wir werden dir die Kraft geben, aber du musst es tun.*

Yarrun nannte es das Große Quadrat von Zuhayar dem Herrlichen, sagte Tris. *Es hat dein Schmiedefeuer erstickt. Wenn du es groß genug machst, kannst du vielleicht auch das Feuer im Wald ersticken.*

Ich kann kein Quadrat machen, das groß genug ist, um einen Waldbrand zu ersticken!, schrie Daja.

Fang einfach an zu weben!, drängte Sandri.

Daja stöhnte und kaute auf ihrer Unterlippe. Die Feuerwand rückte näher. Das Einzige, was sie aufhalten konnte, war sie, Daja.

Sie streckte die Hand mit weit gespreizten Fingern aus und ließ ihre Magie in alle Richtungen strömen. Sie wuchs und wuchs und trug außer Dajas eigener Kraft auch die von Sandri, Tris und Eisenbart mit sich. Daja hielt diese Magie ganz fest und zog die Flammen in drei riesige Stränge. In gewisser Weise war es nichts anderes, als mit dem Schmiedefeuer umzugehen, außer dass das geringste Nachlassen ihrer Aufmerksamkeit diese Flammen freisetzen würde, um mehr Schaden anzurichten, als sie es in einer Schmiede tun konnten. Sie zog die drei Flammenstränge hoch und ließ sie wie Säulen in den Himmel ragen.

Jetzt konzentrierte sie sich auf die linke Säule und befahl ihr sich an einem Ende in viele Stränge aufzuteilen. Die Flammen kämpften gegen sie. Sie wollten sich aus ihrer Magie befreien und wieder alles verschlingen, was vor ihnen lag.

»Nein«, knurrte Daja. Sie hatte Eisen und Gold durch die Kraft ihres Willens bearbeitet. Dieses Feuer würde tun, was sie ihm befahl!

Die Flammensäule wand sich. Sie wollte sich nicht unterwerfen. Sie wollte den mit Brennstoff bedeckten Boden verschlingen. Doch Daja blieb unerbittlich. Die Säule erbebte und teilte sich an einem Ende wie ein ausgefranstes Seil.

Sofort war Sandri zur Stelle. *Ich kann das machen,* versicherte sie Daja. *Lass mich durch.*

Mit einem Seufzer gab Daja die Flammensäule frei. Sandri raste hinein und sammelte die ausgefransten Feuerenden. So geschickt, als ob sie schon ihr ganzes Leben mit Feuerfäden hantierte, begann sie zu weben.

Beruhigt blickte Daja auf die zweite Feuersäule direkt vor ihr. Jetzt wusste sie schon besser, was sie zu tun hatte. Wieder setzte sie ihre ganze Macht ein. Die Säule schwankte und streckte sich wieder. Schließlich franste das Ende aus. Diesmal übernahm Tris das Weben. Sie war nicht so schnell wie Sandri, aber auch ihr entschlüpften die Feuerfäden nicht.

Daja wandte sich der letzten Feuersäule zu. Dank sei Händlergott Koma und Buchhalterin Oti, dass wir unsere Kräfte so vereinen können, dachte sie plötzlich. Allein hätte ich diese Flammen niemals zügeln können.

Sie konzentrierte sich auf die Feuersäule. Diesmal handelte sie voller Selbstbewusstsein. Ein einziger Schlag ihrer Magie teilte die Säule in ein Dutzend Fäden.

Wenn du gestattest, sagte Eisenbart. Seine Magie durchdrang Daja so heftig, dass ihre Zähne aufeinander schlugen. Sie sah, wie er die Flammen nicht wie Fäden, sondern wie Draht behandelte. Einen nach dem anderen legte er die Drähte übereinander und hämmerte die Stellen, an denen sie sich überkreuzten, fest, verschmolz sie zu einer unlösbaren Verbindung.

Dajas Blick verschwamm, ihre Knie zitterten. Die verschiedenartige Magie, die durch ihren Körper floss, zehrte an ihren Kräften. Sie biss sich auf die Lippen und versuchte sich wieder auf ihre Aufgabe zu konzentrieren.

Sandri beendete ihre Arbeit, vor ihr ragte ein langer Flammenschal in die Luft. *Erinnerst du dich, wie du dein Gitter auf das Schmiedefeuer gelegt hast?,* fragte sie Daja jetzt.

Das Feuer erlosch, antwortete Daja und Hoffnung rührte sich in ihrem Herzen wie eine helle Flamme.

Also ersticke das Feuer!, drängte Sandri.

Daja holte Sandri vorsichtig wieder von dem Flammengewebe zurück. Dann packte Daja das Gewebe und trennte es vom Boden ab.

Alles unter dem Feuerschal wurde schwarz und erlosch.

Schließlich waren auch Tris und Eisenbart mit ihrer Arbeit fertig. *Geschafft!,* sagte Tris erleichtert und zog sich müde zurück.

Eisenbart hielt inne, um seine Arbeit zu bewundern. *Nicht schlecht für einen alten Mann wie mich,* bemerkte er.

Schön, dass es Euch gefällt, erwiderte Daja sarkastisch. *Wenn ich gewusst hätte, dass Ihr gerne mit Feuer spielt, hätte ich Euch schon viel früher zu diesem Vergnügen verholfen.*

Sie hörte ihn lachen, als er sich zurückzog und ihr gestattete die Feuergitter allein zu fassen. Sie glühten weiß.

Eine Hand fiel schwer auf Dajas Schulter und wurde schnell wieder weggezogen. »Händlerin, du bist heiß!«, rief Polyam aus. Sie war über und über mit Ruß bedeckt, die gelbe Farbe war verschmiert. »Alles in Ordnung mit dir?«

Daja sah sie an und blickte sich dann um. Die Wagen bewegten sich nicht mehr. »Was ist denn los?«, wollte sie wissen. »Ich kann das Feuer nicht ewig aufhalten! Bringt sie dazu . . .«

Der Ausdruck von Polyams Gesicht verhieß nichts Gutes. »Als du das Feuer hier entdecktest, hatte es sich an einer anderen Stelle bereits nach Norden ausgebreitet«, informierte Polyam sie müde. »Es ist über die Straße gesprungen. Wir sind vom Feuer eingeschlossen.«

12

Rosendorn ging auf der Plattform auf und ab wie eine eingesperrte Tigerin. Den Blick hatte sie auf die Flammen in der Ferne gerichtet.

»Ich kann das nicht aushalten«, murmelte sie vor sich hin. »Ich muss etwas tun.«

Voller Angst blickte Briar auf die andere Seite der Plattform. Sandri, Tris und Eisenbart standen dort Hand in Hand. Briar konnte sie alle drei vor Magie glühen sehen.

Was ging Rosendorn nur im Kopf herum? Sie dachte sich irgendeinen Unsinn aus, dessen war er sich sicher. Erst vor kurzem hatte sie von der Hafenmauer des Tempels aus ihre ganze Kraft in eine Mauer aus dornigen Pflanzen gelegt, obwohl die Piraten die brennende Masse, die Schlachtenfeuer hieß, auf sie niederregnen ließen. Briar erinnerte sich noch allzu gut an Rosendorns Schreie: Sie hatte den Tod der Pflanzen noch viel mehr gespürt als er. Sie würde hier nicht länger unbeteiligt herumstehen, das wusste er.

»Wenn Ihr etwas vorhabt, lasst es uns zusammen tun«, bat er. Er klammerte sich an ihren Ärmel, als sie wohl zum hundertsten Mal die Plattform umrundete.

Das brachte sie zum Halten. »Nein«, lehnte sie geradeheraus ab. »Ich werde einige der Bäume retten und ich verbiete dir ausdrücklich mir zu helfen.«

»Nein!«, schrie er auf und packte ihren Ärmel noch fester. »Das werde ich nicht zulassen! Ihr könnt mir nicht verbieten Euch zu helfen!«

Es fühlte sich an, als hätte er einen Schössling umarmt, der sich urplötzlich in einen Baum verwandelt hatte, breiter als der Turm, auf dem sie standen. Briar wurde in den Pavillon zurückgeworfen, der den Treppenaufgang schützte. Es schlug ihm richtiggehend die Luft aus den Lungen, als er zu Boden fiel. Der riesige Baum, der Rosendorn war, schien so hell, dass er ihn gar nicht ansehen konnte.

»Mein Junge, tu, was ich dir gesagt habe«, murmelte sie. Dann zog sich Rosendorns überwältigende Macht zu Briars großer Erleichterung zurück.

Jemand kam die Treppe hoch und trat auf die Plattform heraus. Kühle Hände halfen Briar auf die Füße und drückten eine Flasche an seine Lippen. Er trank. Herrlich süßes Wasser, mit Pfefferminze versetzt, rann seine Kehle hinunter und gab ihm das Gefühl, wieder Briar zu sein.

»Habt Ihr das gesehen?«, fragte er und schob die Flasche weg, als er genug hatte. »Habt Ihr diesen Elefanten gesehen? Ich werde mich beim Stadtoberhaupt beschweren. Jemand hat einen Elefanten freigelassen und er hat mich niedergetrampelt.«

»Das war nur Rosendorn, die großmütig sein wollte«, sagte Lerche grimmig. »Ich werde sie dazu bringen, meine Stärke zu benutzen – ich bin nicht mit der grünen Magie verbunden, also wird es mir nicht weh tun. Du wirst den Mädchen helfen und Eisenbart. Aus seinen Flüchen zu schließen, fangen die Probleme dort erst richtig an.«

»Ich werde ihnen auch helfen«, sagte Niko, der zu ihnen auf die Plattform getreten war. »Das Feuer hat Daja und die Karawane eingeschlossen.«

Briar stolperte hinüber zu Sandri und Tris, seine Kehle eng vor Furcht. Er konnte jetzt sehen, dass der Rauch und die Flammen ein Stück der Straße umschlossen hatten. Am oberen Ende der Kurve erhoben sich große Rechtecke aus gewobenem Feuer. Am anderen Ende der Kurve waren schattenhafte Punkte zwischen den Flammen zu sehen, die den silbernen Schimmer von Magie aufwiesen. Das war Rosendorn, die das Feuer mit ihrer Stärke fern hielt.

Als er sich umdrehte, sah er sie über die Brüstung gelehnt. Er stöhnte auf, als er sah, dass sie sich ihre Unterlippe blutig gebissen hatte.

Lerche trat neben Rosendorn und legte behutsam einen Arm um sie. »Komm, Liebes«, sagte sie sanft, »lass dir von mir helfen.«

Diesmal war Briar gescheit genug seine Augen gegen das Aufblitzen abzuschirmen, als Lerches Magie sich mit der ihrer Freundin verband. Eifersucht stieg in ihm auf. Von Lerche nahm Rosendorn Hilfe an.

Was fragst du denn danach, solange sie überhaupt Hilfe bekommt?, schalt er sich selbst.

Trotzdem tat es weh. Er schloss die Augen und fand das

Glühen, das die vereinte Magie von Tris, Eisenbart, Sandri und Niko war, und gesellte sich zu ihnen.

Zuerst dachte Daja, sie sei gefangen, unfähig, die beiden verbleibenden Feuergitter zu verlassen. Sie waren die einzige Barriere gegen die Flammenwand vor der Karawane.
Lass mich dir helfen, bot Sandri an. *Wenn wir sie zusammenbinden, bin ich fast sicher, dass ich sie allein halten kann.*
Ich werde dich unterstützen, sagte Eisenbart.
Seid vorsichtig!, warnte Daja die beiden. *Lasst sie bloß nicht entkommen oder wir werden alle geröstet.* Erst als sie sicher war dass Sandri und Eisenbart die Feuergitter fest unter Kontrolle hatten, rannte sie zurück zur Karawane. Polyam folgte ihr.
Die Händler hatten sich etwa in der Mitte ihres Wagenzuges zusammengefunden. Die Kinder weinten, aber nur leise, wie es von gut erzogenen Händlerkindern erwartet wurde. Sie versteckten sich unter den Wagen, um den Erwachsenen nicht im Weg zu sein. Bis auf die Pferdegespanne, die an die Wagen angeschirrt waren, waren die Tiere am Ende der Karawane zusammengetrieben worden und wurden von einigen Männern bewacht, damit sie nicht in den Wald liefen. Daja konnte den Geruch von verbrannten Haaren und Federn riechen. Einige der Tiere mussten vor Panik in den Wald und damit ins Feuer gerannt sein. Auf beiden Seiten der mit tiefen Furchen versehenen Straße stand der Wald in Flammen.
Dajas Mut sank beim Anblick des Flammenmeeres. Sie lehn-

te sich gegen einen Karren und schauderte. Ich kann nicht, dachte sie. Ich kann es nicht. Das wird mich umbringen, und für wen? Für sie?

Sie blickte zur Karawane und Tränen stiegen ihr in die Augen. Ich bin trangshi. Das sagen sie mir ja dauernd. Es wäre ihnen lieber, wenn ich tot wäre.

Polyam hatte sie eingeholt. Sie lehnte sich schwer atmend neben Daja gegen den Karren. »Ich würde es dir nicht verdenken, wenn du uns verlassen würdest«, krächzte sie.

Daja wischte sich mit dem Ärmel über die Stirn. Wenn sie jetzt einen Rückzieher machte, würde niemand ihr daraus einen Vorwurf machen können. Es war ganz allein ihre Entscheidung.

Sie blickte wieder zur Karawane. Diesmal sah sie die Gesichter ihrer eigenen Familie, die vor Monaten ertrunken war. Chandrisa hätte ihre Mutter sein können, der Zugführer ihr Vater. Für jeden dort konnte sie einen Namen ihrer Familie setzen: ihr Bruder Uneny, der sich immer vor der Arbeit drückte; die gemeine Tante Hulweme; Base Ziba, die so gerne sang; ihre kleine Schwester, gerade erst neun Jahre alt; ihre Großmutter, dreiundsiebzig und zahnlos, die immer noch für die Mannschaft kochte.

All dies ging ihr im Bruchteil einer Sekunde durch den Kopf. Die Erinnerungen durchfuhren sie wie ein schneidender Schmerz.

»Wasser«, krächzte sie.

Polyam gab ihr einen Lederschlauch. Daja schluckte einige Mund voll, dann goss sie sich den Rest über das Gesicht und den Kopf. Das Dritte Schiff Kisubo hatte sie nicht retten können. Vielleicht konnte sie die Zehnte Karawane Idaram auch nicht retten – aber sie konnte es zumindest versuchen.

Sie hatte ihren Stab im Karren gelassen, als sie an die Spitze der Karawane gegangen war. Jetzt holte sie ihn heraus und fuhr mit einer Hand über seine glatte Messingkappe. Sie stützte sich darauf, ging in die Mitte der Straße und stellte sich dem Feuer. Inzwischen rückte es langsamer auf sie und die Karawane zu. Einige der riesigen Bäume weigerten sich zu brennen, genau wie einige Büsche und Schösslinge um sie herum. Magie erfüllte die Pflanzen und hielt die Flammen von Rinde und Blättern fern.

Rosendorn, dachte Daja sofort. Rosendorn rettete die Pflanzen und gab ihr eine Möglichkeit nachzudenken.

Das Weben scheint am besten zu helfen, sagte Niko zu ihr. *Wir haben keine Zeit für Experimente.*

Trotz ihrer Furcht musste Daja grinsen. »Wo Ihr Recht habt, habt Ihr Recht«, sagte sie.

Niemand auf der Straße fragte, mit wem sie gesprochen hatte. Daja sah sich um: Alle, selbst Polyam, waren ein Stück zurückgetreten. Sie ließen sie allein gegen die Flammen kämpfen.

Was hast du denn erwartet?, fragte sie sich ironisch. Dankbarkeit?

Sie schloss die Augen. Alle Magie, die sie hatte, formte sie zu den Werkzeugen, die sie brauchte. Die Magie der anderen verband sich mit ihrer, wie Kupfer und Zink sich zu Messing verbanden. Um dieses Feuer aufzuhalten, würde sie es in eine einzige große Säule weben müssen – es war nicht genug Zeit, es in kleinere Säulen zu unterteilen.

Ich sagte Rosendorn, sie solle die kleinen Pflanzen aufgeben, erzählte Briar ihr. *Die Bäume will sie jedoch unter allen Umständen retten.*

Daja öffnete die Augen. Hier kam das Feuer, grollend zwischen den riesigen Bäumen wie ein Monster, wie der Kern eines Bebens tief unter der Erde.

Helft mir, bat sie.

Keine Sorge, wir sind hier, erwiderten Niko, Briar und Tris gleichzeitig.

Daja drehte sich nach links und schob das herankommende Feuer auf die Straße vor sich. Sie drehte sich nach rechts, sandte ihre Magie aus und drängte auch diese Seite der Feuermauer zurück. Immer kleiner wurden die Flammen, zusammengedrückt durch die vereinte Macht der vier Magier.

Daja holte tief Luft, wobei sie genauso viel Rauch wie Luft einatmete, breitete die Arme so weit aus, wie sie konnte, und führte sie wieder zusammen. Je mehr sie ihre Handflächen aufeinander führte, desto mehr Widerstand spürte sie, doch sie drückte die Flammen immer weiter zusammen.

Schweiß tropfte in ihre Augen und brannte gnadenlos. Sie schüttelte ihn ab. Dann überprüfte sie, ob sie auch wirklich alles Feuer gesammelt hatte. Bis auf den magischen Schein in den größten Bäumen sah sie auf jeder Seite nur noch verbranntes Holz und Rauch. Genau vor ihr loderte ein riesiger Feuerturm.

Jetzt verwandelte sie ihre Magie in einen riesigen Hammer und schlug damit heftig nach dem Flammenturm.

»Nicht gut genug!«, schrie sie auf. Immer und immer wieder schlug sie zu und hämmerte das Feuer in so viele Streifen, wie sie brauchte, um es weben zu können.

Ich fühle mich nicht gut, sagte eine schwache Stimme, die Tris gehörte. *Ich fühle mich . . . lose, schwebend.*

Mit einem Krachen riss die Feuersäule sich vom Boden los und begann in den Himmel zu steigen.

Daja schluckte. Wenn sie ihr entkam, konnte niemand vorhersagen, wohin sie schweben und welchen Schaden sie anrichten würde. Ihr magisches Selbst raste der Feuersäule nach und in sie hinein.

Feuer war in Dajas Ohren, ihren Augen, ihren Nasenlöchern. Selbst die Kleidung an ihrem Körper, den ihr magisches Bewusstsein ja verlassen hatte, verwandelte sich in Asche. Ihr Holzstab verschwand; die heiße Messingkappe schmolz auf ihrer Handfläche. Dajas Verbindung zu den anderen wurde schwächer.

Daja schwankte unter der Stärke des Feuers. Es kämpfte gegen sie an und wollte sich befreien. Ihre Füße hoben einige Male vom Boden ab.

Wo sind deine Wurzeln?, schrie Briar wild. *Du hast wieder vergessen Wurzeln zu schaffen! Erinnere dich an deinen Rebstock! Er brauchte Wurzeln.*

Ja!, schrie Tris. *Schick Wurzeln aus, Daja, verankere sie im Fels!*

Warum?, fragte sich Daja wie taub. Sie begann zu schmelzen. Was hatten denn Wurzeln mit alldem zu tun? *Ich will nicht.*

Typisch Händlerin, sagte Briar wütend, *immer rennen sie davon, wenn es gefährlich wird.*

Wenn ein Unglück die Stadt trifft, das war Tris, sie hörte sich ganz schrill an, *sind die Händler die Ersten, die verschwinden.*

Ich habe mit einer zusammengelebt. Sandris Flüstern kam ganz schwach. *Du kannst dich auf Tsaw'ha nicht verlassen, niemals.*

Daja zwang sich auf die Knie und wehrte sich dagegen, sich von der Feuersäule nach oben ziehen zu lassen. Sie ließ sich nach vorne fallen, um ihre Hände auf die Erde zu pressen. Geschmolzenes Messing klebte an ihren Fingern, es war alles, was von der Messingkappe übrig war.

Hört auf!, sagte sie zu ihren Freunden. *Ihr wollt mich nur wütend genug machen, damit ich versuche Wurzeln wachsen zu lassen.*

Mit aller Kraft, die sie noch aufbringen konnte, schlug sie nach unten.

Die Erde teilte sich. Dajas Magie drang durch die Erde und fiel immer weiter.

Hier war Fels – harte Granitblöcke. Sie fand einen tiefen Spalt zwischen zwei Blöcken und schickte die Flammen hindurch.

Tris raste an ihr vorbei und schob das Feuer durch die Spalten. Niko kam und half mit. Als sie eine tiefe, mit mineralhaltigem Wasser gefüllte Kammer erreichten, wusste Daja, was Tris und Niko im Sinn hatten. Sie war schon einmal hier gewesen.

Sie eilten durch Spalten und Wasseradern und zogen die Flammensäule mit sich. Schließlich erfasste das Feuer Daja. Zu erschöpft, um sich zu wehren, ließ sie sich tragen, bis sie in eine Mauer aus eisiger Kälte geschleudert wurde. Das brachte sie wieder zu sich.

Pass auf den Gletscher auf!, warnte Tris.

Wird das denn funktionieren?, fragte Daja. *Kann ich das Feuer hier lassen?*

Lass es hier, sagte Niko erschöpft zu ihr. *Es wird Teile des Gletschers schmelzen, sodass das Goldkammtal wieder Wasser hat. Wir riskieren keinen Vulkanausbruch damit, denn dafür ist das Feuer zu schwach.*

Zu schwach, dachte Daja müde. Sie drehte sich um und vergewisserte sich, dass auch der kleinste Rest Feuer in der Erdspalte verschwand, die zum Gletscher führte.

Sobald sie wieder in ihren Körper zurückgekehrt war, raste sie zu den Feuergittern, die von Sandri und Eisenbart bewacht wurden. Sie hämmerte das Feuer hinter den Barrieren zu weiteren Säulen zusammen, die sie dann mit den ersten Säulen verband. Sie suchte nach einer unterirdischen Verbindung von hier zu dem Spalt in der Erde, der bis zum Gletscher führte, fand sie und sagte Sandri und Eisenbart, sie sollten sich zurückziehen. Mit letzter Kraft hämmerte Daja erst die Feuergitter, dann die Säulen eine nach der anderen in den Boden und schickte sie durch den Erdspalt. Als die letzte auf dem Weg zum Gletscher war, erwachte Daja wie aus einem Traum und sah sich um. Sie war auf allen vieren mitten auf der Straße und hatte keinen Faden mehr am Leib.

Sie betrachtete ihre linke Hand. Messing bedeckte die Handfläche.

Das wird bald ganz schön weh tun, dachte sie und setzte sich.

Sie sah sich um. Das Feuer war erloschen. Es waren nur noch verbranntes Holz und dichter Rauch zu sehen. Neben ihr lag ein Stück gelbes Tuch, das von Polyam sein musste. Hatte sie es verloren oder hatte sie es für sie hingelegt? Egal! Dankbar schlang Daja das Tuch um sich, um ihre Blöße zu bedecken.

Was war mit der Karawane?

Sie ging um die Biegung, die die Straße machte. Vor Entsetzen bekam sie einen Hustenanfall. Alle Menschen vor ihr befanden sich auf den Knien, Stirn und Handflächen flach auf dem Boden. Es war die Verbeugung, die Große Unterwerfung genannt wurde und die die Händler nur benutzten, wenn Leben gerettet wurden.

»Steht auf«, krächzte sie. »Das ist mein Ernst, los, steht auf!« Ich habe es nicht für euch getan, wollte sie hinzufügen, doch sie musste wieder husten.

Als sie wieder normal atmen konnte, war einer von ihnen auf sie zugekrochen. Zu Dajas Entsetzen war es Gilav Chandrisa, über und über mit Ruß bedeckt, Brandflecken auf Kleidung und Haut. »Wir wissen alle, was wir schulden«, sagte sie, ohne aufzublicken. »Wir wissen, was bezahlt werden muss. Was du getan hast, löscht deinen Namen aus dem Buch der Trangshi. Wir werden das bezeugen und für dich vor dem Rat unserer Leute sprechen. Du wirst wieder Tsaw'ha sein und dein Zuhause wird die Zehnte Karawane Idaram sein.«

13

Sie hatte nicht überall das Feuer zum Erlöschen bringen können. Fünf Menschen waren gestorben. Andere hatten Lungenschäden erlitten durch den Qualm. Rosendorns Brandsalbe wurde viel zu oft gebraucht, von den Dorfbewohnern und von jenen der Karawane, die von herumfliegenden brennenden Baumstücken getroffen worden waren. Bis alle Wunden geheilt waren, würden die Händler im Goldkammtal bleiben.

Wenigstens hatte das Tal frisches Wasser. Der Gletscher hatte sie damit versorgt, als Teile von ihm von den Feuersäulen erhitzt worden waren, und es strömte immer noch Schmelzwasser in den See und die Brunnen. Ihre Hochwohlgeborene Inoulia hatte befohlen mit der Arbeit an der Kupfermine im Gletschertal zu beginnen und nannte die Mine »Feuerzähmer«. Jene, die nicht für die Aufräumarbeiten gebraucht wurden, förderten Kupfer und Kupfererz zu Tage. Jeder fragte sich, wie viel sie würden fördern können, bevor der Schnee fiel, aber zumindest hatten die Menschen im Goldkammtal Hoffnung für den Frühling.

Nach dem ersten Tag wusste Daja, dass ihre linke Hand nicht so schlimm verletzt war, wie sie gefürchtet hatte. Sie juckte, als ob das Messing Schorf über einer heilenden Wunde wäre. Als die Nächte kälter wurden, stellte sie fest, dass die Hand in der Kälte schmerzte. Sie begann sich nach der Wärme von Süd-Emelan zu sehnen.

Niko und Eisenbart hatten Dajas Hand untersucht. Sie hatten Sprüche über dem Messing gesprochen, um seine Natur zu ergründen. Nichts schien einen Einfluss darauf zu haben oder etwas daran zu ändern, dass es an Dajas Haut klebte. Daja konnte sogar etwas davon abschälen wie alte Haut. Ein größerer Teil blieb jedoch auf ihrer Handfläche und dem Handrücken, mit drei Streifen, die zwischen ihren Fingern hindurchliefen und sich weiter oben vereinten. Das Metall, das sie nicht abgeschält hatte, wuchs ein wenig nach, sodass sie es immer wieder von neuem abschälte. Als sie die abgeschälten Stücke in eine Metallschüssel gab, verschmolzen sie miteinander wie verflüssigtes Messing. Und als sie einen Streifen davon auf ihr Handgelenk legte, verlängerte er sich, bis seine Enden sich berührten und ein Armband formten, das sie abschälen konnte wie Wachs.

»Es könnte irgendwann von selbst weggehen«, meinte Niko. »Ich kann es allerdings nicht mit Sicherheit sagen, so ungern ich das auch zugebe.«

Daja zuckte mit den Schultern und steckte die messingbedeckte Hand in die Tasche ihrer Tunika. »Zumindest tut es nicht weh.«

Am dritten Tag nach dem Waldbrand wurde Yarrun auf dem kleinen Schlossfriedhof begraben. Rosendorn und Briar pflanzten einen Baum auf sein Grab.

Am vierten Tag nach dem Feuer wusste Daja, dass sie ihre Hand wieder genauso benutzen konnte wie immer. Egal, ob sie ihr Essen schnitt, Werkzeug handhabte oder ihre Tunika zuknöpfte – das Messing blieb so flexibel und empfindsam wie ihre eigene Haut. In dieser Nacht lag sie lange Zeit wach, rieb ihre metallüberzogene Handfläche und dachte angestrengt nach.

Am Morgen nahm sie das Messing aus der Schüssel und ging damit zu Eisenbart. Sie redeten lange und eindringlich miteinander, dann riefen sie Niko zu sich und redeten weiter. Es war Niko, der Gilav Chandrisa bat, ihnen den eisernen Rebstock noch für einen Tag zu borgen. Sobald sie ihn hatten, holten sie Rosendorn und Briar und untersuchten den Rebstock Zoll für Zoll.

»Du wirst eine Menge Eisen brauchen«, sagte Eisenbart zu Daja, als sie den Rebstock wieder in das Lager der Händler brachten. Sie stellten ihn in Polyams Karren und banden ihn wieder fest.

»Ich denke, zwanzig Stangen . . .« Sie hielt inne, als sie Schritte hinter sich hörte. Sie drehten sich um und sahen eine Gruppe von Händlern, jeder mit einem Stab in der Hand. Gilav Chandrisa hielt zwei Stäbe: ihren eigenen und einen anderen. Sie reichte den neuen Stab Daja, die mit den Fingern über die Kappe fuhr. Sie war gekrönt von einem vielzackigen Stern aus eingelegtem Messingdraht – das Zeichen der Zehnten Karawane Idaram. Zwei Flammen und ein Segelschiff, das halb in den Wellen versank, waren in die Seiten graviert worden.

»Wenn du eine von uns sein sollst, brauchst du einen Stab«, sagte Gilav Chandrisa. »Sieh zu, dass du ihn ab jetzt immer bei dir trägst.« Sie sah Daja nicht ins Gesicht. »Wenn du zu uns kommst, werden wir dafür sorgen, dass du eine anständige Ausbildung zum Mimander bekommst.«

»Es ist gut, dass du noch jung bist«, fügte der Mimander neben ihr hinzu. »Da ist noch genug Zeit dir die schlechten Gewohnheiten abzugewöhnen.«

Daja mochte den Klang dieser Worte nicht. Sie wusste, dass Mimander ihre Aufmerksamkeit immer auf die Meisterschaft auf einem Gebiet konzentrierten. Man würde sie dazu zwingen, einen Teil ihrer Magie zu wählen und den Rest zu vergessen. Man würde sie dazu zwingen, ihr Handwerk aufzugeben.

Von allen Händlern, die dort standen, begegnete nur Polyam offen ihrem Blick. Sie schloss sich ihnen an, als Daja und Eisenbart die Straße zum Schloss hinaufgingen.

»Sie hätte das auch etwas freundlicher sagen können«, knurrte Dajas Lehrer.

Polyam kicherte. »Kommt schon, Meister Eisenbart. Tsaw'ha haben ein Dutzend Worte, die ›Danke‹ bedeuten – jedes mit einem Hauch Missfallen. Wir mögen es eben nicht, jemandem etwas zu schulden. Gilav Chandrisa wird erst dann glücklich sein, wenn die Schuld der Karawane voll und ganz bezahlt ist.«

»Euch scheint es nichts auszumachen, mir etwas zu schulden«, entgegnete Daja, wohl wissend, dass Polyam Recht hatte, was den Dank betraf.

»Tut es wohl«, erwiderte die Händlerin kühl. »Aber ich kenne dich besser, als meine Mutter dich kennt. Ich kenne den Preis, den du dafür bezahlt hast, das zu sein, was du bist. Das dämpft das Unbehagen für mich – ein wenig zumindest.«

Daja arbeitete einen ganzen Monat lang in der Schmiede, während es draußen immer kälter wurde und die Blätter fielen. Zum Schluss halfen ihr alle Magier des Verschlungenen Kreises. Pflanzen- und Fadenmagie gaben ihrer eisernen Vorrichtung die Bewegungsfähigkeit und Anpassungsfähigkeit, die Eisen normalerweise nicht besaß. Niko überwachte das Einfügen von eingewobenen Sprüchen, während Tris Dajas Kunstwerk mit einem Hauch von Wärme versah, um es so warm wie lebendiges Fleisch zu machen.
Zum Schluss holte Daja die große Schüssel, die das flüssige Messing enthielt, das sie in den vergangenen Wochen von ihrer Hand abgeschält hatte. Während die anderen zusahen, zog sie das Material auseinander und legte es über die Eisenkonstruktion. Sobald das Messing verarbeitet war, hüllte Sandri das fertige Werk in blaue Seide ein, während Daja die tragbare Schmiede säuberte und sie dem Schlossschmied zurückgab.
In dieser Nacht, nachdem Lerche die Kerzen ausgeblasen und die Kinder für die Nacht allein gelassen hatte, holte Sandri ihren Kristall heraus, der ihr als Nachtlicht diente. Sie spielte eine Weile damit herum, bis sie schließlich fragte: »Daja? Hast du dich schon entschieden?«

Tris richtete sich in ihrem Bett auf und setzte ihre Sehgläser auf. »Du hast kein Wort gesagt und Niko wollte nicht, dass wir dich fragen.«

Daja wusste sofort, was sie meinten. »Ich dachte nicht, dass ihr euch darüber Sorgen macht.«

»Haben wir aber«, murrte Tris. »Du hast diesen Stab überall mit hingeschleppt, als wäre er ein Lieblingsspielzeug.«

»Er bedeutet viel für mich«, verteidigte sich Daja.

»Also gehst du mit ihnen.« Sandris Stimme war leise. Sie konnte zu ihrem Kopfkissen gesprochen haben oder zu ihrem Nachtlicht.

»Nein«, antwortete Daja geradeheraus.

Mit einem Ruck setzte Sandri sich auf. »Nein?«

Daja seufzte. »Ich könnte vielleicht unseren Kreis aufgeben oder ich könnte das Schmieden aufgeben. Aber beides aufgeben? Nein, vielen Dank. Ich habe mich so sehr verändert, dass ich nicht einfach wieder zu den Händlern zurückgehen kann.«

»Warum hast du das denn nicht gleich gesagt?«, wollte Tris wissen und legte sich wieder hin.

Daja seufzte. »Ich musste mir erst alles durch den Kopf gehen lassen. In Ordnung? Kann ich jetzt vielleicht schlafen?«

Am nächsten Morgen machte Daja gerade ihr Bett, als Kleiner Bärs wildes Bellen und Kreischs aufgeregte Pfiffe die Ankunft von Besuchern verkündeten. Schnell legte sie ihre Arbeit weg und ging hinaus. Die Besucher waren Händler – Chandrisa, der Zugführer, der Mimander und Polyam. Daja wusste, weshalb sie gekommen waren, holte ihren neuen Stab und setzte sich mit ihren drei Freunden an den Tisch. Lerche kümmerte sich um Erfrischungen, Rosendorn holte Niko und Eisenbart. Daja wurde klar, dass auch Rosendorn und Lerchenfroh den Grund für den Besuch der Händler erraten hatten.

Zuerst jedoch mussten die Rituale der Händler überstanden werden. Sobald alle Platz genommen hatten, servierte Lerchenfroh Tee und Kuchen. Die Erwachsenen unterhielten sich über die Nachwirkungen des Feuers, während sie höflich am Tee nippten und aßen. Die vier jungen Magier fütterten mit ihrem Kuchen zum großen Teil heimlich den Hund und versuchten Geduld zu haben.

Schließlich setzte Gilav Chandrisa ihre Tasse ab und faltete ihre Hände im Schoß.

»Wir werden bei Morgendämmerung aufbrechen«, verkündete sie.

»In sechs Tagen wird es anfangen zu schneien«, fügte der Mimander hinzu, dessen Gesicht hinter den traditionellen zitronengelben Schleiern verborgen war. Niemand stellte diese Aussage in Frage – Mimander spezialisierten sich oft auf Wettermagie.

»Du musst gepackt haben und in Polyams Karren sein, sobald das erste Licht zu sehen ist«, sagte Gilav Chandrisa zu Daja. »Du darfst unsere Abreise nicht aufhalten.«

Daja nahm ihren Stab mit beiden Händen auf. »Ich danke Euch, aber ich kann das nicht annehmen.« Sie stand auf und bot Chandrisa den Stab an. »Ich war schon zu lange

Lugsha. Ich kann es nicht mehr aufgeben.« Sie schluckte schwer. Obwohl sie sich ihre Antwort gut überlegt hatte, hatte sie nicht gewusst, wie schwierig es sein würde, die Worte tatsächlich auszusprechen. »Ich möchte mein neues Heim und meine neue Familie nicht verlassen. Ich wäre Euch sehr dankbar, wenn Ihr einfach meinen Namen aus dem Buch der Trangshi löschen würdet. So kann ich in Zukunft mit den Tsaw'ha Geschäfte machen, ohne dass irgendjemand qunsuanen werden muss.«

Chandrisa blickte auf den Stab und dann zu Daja. »Unsere Schuld wird voll bezahlt sein? Wir schulden dir nichts mehr?«

»Sobald ich nicht länger trangshi bin, sind wir quitt«, erklärte Daja. Sie machte noch einen Schritt auf Chandrisa zu und streckte ihr wieder den Stab entgegen.

Chandrisa schlang ihre braunen Finger um das Holz, dann ließ sie wieder los. »Behalte den Stab als ein Zeichen der Freundschaft«, sagte sie trocken. »Als ein Versprechen, dass wir wieder Geschäfte miteinander machen werden. Ich hoffe, es wird dich erfreuen zu hören, dass unser Bote schon vor zwei Wochen nach Süden ritt, um deinen Namen aus den Büchern löschen zu lassen.«

Daja lehnte den Stab an ihren Stuhl und biss sich auf die Lippen, um nicht zu weinen. Dann räusperte sie sich. »Die Zehnte Karawane Idaram und ich sind quitt, aber da ist noch eine andere Angelegenheit. Es gibt eine persönliche Schuld und die muss ich bezahlen.«

Briar und Tris wussten, was sie meinte. Sie gingen ins Mädchenschlafzimmer und kehrten mit etwas zurück, das in blaue Seide eingehüllt war.

Daja drehte sich zu Polyam. »Wenn Ihr nicht gewesen wärt, hätte ich niemals eine Gelegenheit gehabt meinen Namen aus dem Buch der Trangshi löschen zu lassen.« Sie nahm ihre Arbeit von Briar entgegen und trug sie hinüber zu Polyams Stuhl. »Dies ist eigentlich von uns allen«, sagte sie leise zu Polyam, während Sandri die Seidenumhüllung entfernte. Polyam blieb der Mund offen stehen. Chandrisa und die beiden männlichen Händler beugten sich aufmerksam nach vorne.

Es war ein Metallbein, aus dünnen Eisenstangen geformt. Alles war mit einem schimmernden Messingüberzug versehen. Briar kitzelte die Metallsohle. Sie zuckte, genau wie ein lebender Fuß zucken würde. Tris legte eine Hand auf das Schienbein und das Knie beugte sich.

Polyam streckte zitternd eine Hand aus und berührte das Bein. Schockiert zog sie sofort die Finger wieder zurück. »Es ist warm!«

»Es müsste sich eigentlich genauso verhalten wie ein ganz normales Bein«, sagte Niko. »Wir haben es lange genug geprüft. Und Ihr habt noch den restlichen Tag, um es auszuprobieren.«

»Es wird sich Eurem Bein anpassen«, fügte Eisenbart erklärend hinzu.

»Ihr könnt es abnehmen, wann immer Ihr wollt«, warf Sandri ein.

»Ihr könnt sogar damit baden«, erklärte Briar.

Es war Tris, die die Frage stellte, die jeder im Sinn hatte: »Wollt Ihr es nicht anprobieren?«

Es herrschte absolute Stille. Selbst der Hund saß still und blickte aufmerksam zu Polyam. Nur Kreisch hüpfte umher und pickte Krumen vom Tisch auf.

Endlich nickte Polyam.

Nachdem Polyam das Holzbein entfernt hatte, nahm Rosendorn es ihr ab. Polyam rollte ihr linkes Beinkleid hoch und Eisenbart und Daja legten das Oberteil ihrer Schöpfung an Polyams Beinstumpf. Dann zeigte Eisenbart ihr, welche Spangen sie bedienen musste, um es anzulegen oder abzunehmen.

Sobald das Bein saß, hielt Polyam hörbar die Luft an, als sich das messingüberzogene Eisen bewegte und sich an ihren Beinstumpf anpasste. »Es lebt!«

Daja sah zu, wie das Metall sich formte, und runzelte geistesabwesend die Stirn. »Das soll es auch«, murmelte sie.

Das Metallbein wurde steif und beugte sich dann wieder.

»Bewegt es wie ein richtiges Bein«, drängte Eisenbart.

Der Metallfuß zuckte. Ganz langsam bewegten sich die Zehen. Polyam hob ihren Schenkel mit den Händen, streckte das Metallbein aus und bewegte vorsichtig die Fußspitze.

»Versucht zu stehen«, schlug Daja vor.

Sie mussten ihr helfen. Sie schien vergessen zu haben, wie man sich mit zwei guten Beinen bewegt. Schließlich war sie in der Lage allein im Zimmer auf und ab und auf den Balkon hinaus zu gehen.

»Es dürfte eigentlich nicht scheuern«, rief Rosendorn ihr

nach. »Es ist vollständig mit der Messinghaut überzogen. Daja wird Euch bestätigen, dass Messing die Haut überhaupt nicht reizt.«

Polyam hob ihr echtes Bein auf das Balkongeländer und balancierte jetzt völlig auf ihrem neuen Bein. Als sie zurück zu Daja sah, hielt diese ihre linke Hand hoch und bewegte ihre Finger. Das goldfarbene Messing schimmerte. »Es ist, als ob es wirklich Haut wäre«, erklärte Daja. »Das hat mich auf die Idee gebracht.«

Rosendorn reichte Polyam einen Krug mit Salbe. »Wenn es doch irgendwo scheuern sollte, müsste dies eigentlich helfen.«

Polyam fuhr mit einer Hand über das Metall, das ihren Oberschenkel umgab, dann stellte sie wieder beide Füße auf den Boden. Niemand verlor ein Wort darüber, dass ihr Tränen aus dem Auge liefen. »Ich könnte wieder Kleider tragen«, flüsterte sie.

»Selbst Stiefel«, schlug Lerche mit einem Lächeln vor.

»Ihr könntet reiten«, fügte Sandri hinzu. »Natürlich nur, wenn Ihr möchtet.«

Polyam wischte sich mit dem Ärmel über das Gesicht, dann drehte sie sich zu Daja. »Das ist mehr als die Begleichung einer Schuld . . .«

»Nein«, unterbrach Daja sie sofort. »Ihr gabt mir die Möglichkeit meinen Namen zu reinigen. Jetzt schulden wir beide einander nichts mehr.« Sie blickte auf den Teppich und fügte leise hinzu: »Ich möchte gern, dass wir Freunde sind.«

»Wir sind Freunde«, versicherte Polyam ihr mit einem heiseren Flüstern. »Wir werden immer Freunde sein.«

Am nächsten Tag standen die Magier bei Morgendämmerung auf und verabschiedeten mit dem Herzog zusammen die Zehnte Karawane Idaram. Daja sah atemlos zu, wie sich Polyam in Hosen und Stiefeln in den Sattel eines braunen Wallachs schwang, als der Zugführer das Signal zum Aufbruch gab. Polyam folgte ihm mit den anderen Reitern, drehte sich noch einmal halb im Sattel, um winken zu können, bis die Straßenbiegung ihr die Sicht nahm.

Eisenbart legte einen Arm um Dajas Schultern. »Selbst wenn du niemals mehr ein anderes Stück machst, werden die Händler deinen Namen über Generationen hinweg preisen«, sagte er fröhlich. »Aber natürlich wirst du noch viele andere wundervolle Dinge machen.«

»Werde ich das?«, fragte sie und blickte hoch in seine lachenden Augen.

»Ja, natürlich – und mit Nägeln fängst du an.« Er achtete nicht auf Dajas gequältes Stöhnen. »Ich glaube, du hast in der Zeit, die wir hier waren, nur einen einzigen Eimer voll gemacht.«

»Können die Nägel auch noch ein wenig warten?«, ertönte die klangvolle Stimme des Herzogs. »Wenn in fünf Tagen Schnee fallen soll, würde ich gerne ebenfalls abreisen – morgen.«

»Nach Hause«, sagte Lerche mit einem glücklichen Seufzer. »Das klingt wundervoll.«

»Ich werde den ganzen Winter über Nägel machen, wenn ich sie nur zu Hause machen darf«, versprach Daja Eisenbart.

Er seufzte. »Na schön. Wir können die Nägel genauso gut im Verschlungenen Kreis machen wie hier.«

»Besser«, meinte Tris zu Daja. »Zumindest ist es zu Hause warm.« Ihr Atem zeichnete sich in kleinen Wölkchen in der eisigen Bergluft ab.

Daja grinste. Es würde nicht nur wärmer sein, sondern sie wären auch wieder in der Nähe des Meeres. »Wer als Letzter im Zimmer ist, muss alles packen!«, schrie sie und rannte auf das Schloss zu.

Wörterbuch der Händlersprache

Blaue Händler Händler, die von Booten aus arbeiten, entweder in Flüssen oder auf dem Meer

Daka hoch angesehener Verhandlungsführer; bringt der Karawane Gewinn

Gilav Anführer der Karawane

Hamot Dummkopf, Tollpatsch

Kaq unschöne Bezeichnung für Nichthändler, wörtlich: »Schmutz unter dem Fuß«

Lugsha Handwerker, Künstler, einer, der Güter herstellt, die Geld bringen

Mimander der Magier der Händler, der immer in Zitronengelb gekleidet und verschleiert ist

Pijule Fakol das schreckliche Leben nach dem Tod für jene, die ihre Schulden nicht bezahlt haben

qunsua(nen) säubern – wörtlich »von Pech reinigen, damit es nicht kleben bleibt«

Saati ein guter Freund, der einem so nahe steht wie die eigene Familie

trangshi ausgestoßen, unsauber, verflucht, namenlos

der/die Trangshi der/die Ausgestoßene bzw. Verfluchte

Tsaw'ha der Name der Händler für sich selbst, wörtlich: »die Menschen«

Weiße Händler Landhändler; jene, die durch Sand oder Schnee reisen

Wirok Mitglied der Händlerfamilie, allerdings mit niedrigem Ansehen; seine Aufgabe ist es, Geld für lebensnotwendige Dinge wie Essen und Reparaturen auszugeben

Xurdin ein Magier von Nicht-Händlern

Yerui hungriger Teufelsgeist, der zerstört

Zokin Bilanz des Vermögens in den Händlerbüchern oder die Höhe der Ehre einer Person

Danksagung

Dank schulde ich meinem Mann Tim für seine Hilfe, Ermutigung und seinen Rat. Das alles hat mir durch einen sehr schwierigen ersten Entwurf geholfen; Rick Robinson, wieder einmal für ein schnelles Lesen der Fahnen und seine Lesermeinung; meinem Agenten, Craig R. Tenney, der Personifizierung von Ruhe im Sturm, und meiner Lektorin, Anne Dunn, die sich trotz ihres vollen Terminkalenders die Zeit nahm, dieses Buch auf den Weg zu bringen, und die mir noch Spielraum gab, als es um den ersten Entwurf ging. Wie immer danke ich Thomas Gansevoort, dem kreativen Paten dieser Serie.